LA

PETITE COLOMBELLE.

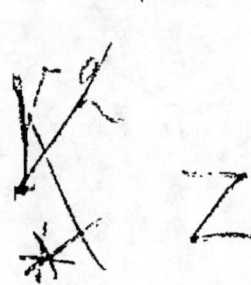

Paris. — Imprimerie de Ad. R. Lainé et J. Havard, rue Jacob. 56.

LECTURES POPULAIRES

10

LA
PETITE COLOMBELLE

OU

AVENTURES D'UN TISSERAND

PAR

S. HENRY BERTHOUD

PARIS

RENAULT ET Cie, LIBRAIRES-ÉDITEURS

48, RUE D'ULM, 48

—

1861

LA
PETITE COLOMBELLE.

CHAPITRE PREMIER.

LA PROCESSION.

Lorsque Jeanne d'Aragon, femme de l'archiduc Philippe d'Autriche, mit au monde, le 24 février 1500, un fils, dont le baptême devait être célébré à quelque temps de là dans l'église de Saint-Bavon, la cité de Gand se mit à l'œuvre pour donner à cette fête un éclat dont tous les Pays-Bas pussent parler avec admiration.

Le 5 mars fut le jour assigné au baptême du petit prince.

Au sortir de l'église, la foule se porta sur la place du Vendredi, où devaient se montrer d'abord la cavalcade et les chars qui formaient la procession, composée d'après le programme rédigé par M. Antoine Crumbbrugghe, l'un des échevins.

Tandis que le triomphant échevin recevait les

éloges unanimes et bruyants de tous les spectateurs, André Rynghaut, assis au chevet de sa femme, allait de temps à autre vers la fenêtre de sa petite chambre pour prêter l'oreille aux cris de la foule, et revenait, non sans avoir soupiré, reprendre sa place près de la malade assoupie.

André Rynghaut était le secrétaire de maître Crumbbrugghe : il avait inventé et rédigé le programme qui faisait tant d'honneur, en ce moment, à l'échevin. Vous comprenez maintenant la tristesse du pauvre poëte ! Non-seulement il voyait la gloire de son œuvre resplendir sur un autre, mais il ne pouvait même pas assister à l'exécution du projet dont il s'était occupé avec tant de passion depuis le jour où, prévoyant la naissance d'un enfant de son souverain, la ville de Gand avait ordonné les fêtes qui se célébraient en ce moment.

Il se tenait encore là, l'oreille aux aguets, près de la fenêtre, lorsque sa femme s'éveilla ; elle lui fit signe d'approcher. André avança comme un enfant surpris en faute.

— Mon ami, dit Marguerite, je veux que tu me fasses une promesse.

— D'où vient donc cet air solennel? ma mie, demanda Rynghaut.

— L'air solennel convient, reprit-elle, car il ne s'agit rien moins que d'un serment. Jure-moi donc par le saint apôtre, ton patron, de m'octroyer pleinement, sans réserve, sur-le-champ, ce que je vais requérir de toi .

— Depuis quand ma femme bien-aimée a-t-elle besoin de serment pour obtenir de moi ce qu'elle désire?

— Jure sur cet évangile.

Ryngbaut regarda Marguerite : malgré la solennité du serment qu'elle requérait, une douce malice plutôt qu'une pensée grave se révélait dans ses yeux brillants de fièvre, et soulevait le coin de ses lèvres pâles.

— Je fais le serment de t'obéir dans ce que tu vas me demander, dit-il.

— Eh bien ! mon cher André, revêts-toi de tes habits de fête, prends par la main notre petite fille Duyvecke (1), qui joue dans la chambre voisine, et va-t'en voir la belle fête dont on te doit la pensée et le programme.

— Qui, moi ? s'écria André ému jusqu'aux larmes. Non certes, je ne te quitterai pas, malade comme tu l'es. Qui donc te donnerait à boire quand la soif desséchera ta bouche ? qui soutiendrait ta tête au milieu des douleurs qui semblent parfois la briser ? Non, Marguerite, je ne sortirai point.

— J'ai ton serment, reprit-elle, et tu le tiendras, car pour rien au monde je ne veux t'en délier. Je me sens mieux ; ma tête est libre et dégagée ; demain je pourrai me lever et vaquer aux soins du ménage. Obéis-moi, André ; quand tu rentreras le soir, tu me conteras les choses merveilleuses que tu auras vues,

(1) *Duyvecke* signifie en hollandais colombelle, petite colombe.

tu me diras l'admiration que la fête a excitée parmi
les spectateurs, et j'en aurai un plaisir extrême. Et
puis, quelle sera la joie de notre petite Duyvecke!
Veux-tu que plus tard, quand on lui parlera des fêtes
célébrées pour la naissance du fils de notre souverain,
elle ait à répondre tristement : Je ne les ai point vues !
Non, André, il faut laisser ce grand souvenir dans
la mémoire de notre chère enfant ! Va donc ! Fais ce
que je te demande.

André résista quelque temps, car ce bon et tendre
cœur éprouvait trop le désir de se rendre à la fête
pour ne point persister à en faire le sacrifice à sa
femme. Il finit néanmoins par céder aux instances de
la malade, se para de son pourpoint des grands jours,
prit dans ses bras la petite Duyvecke, âgée de cinq
ans, embrassa Marguerite, et une fois dans la rue, se
mit à suivre le torrent de la foule, qui l'entraîna vers
la procession.

Ce n'était point chose facile que d'avancer au milieu de ces flots humains, pressés les uns contre les
autres, et presque aussi périlleux et agités qu'une
mer véritable. André Rynghaut eut plus d'une fois la
pensée de rentrer au logis et de ne point exposer sa
fille à quelque mésaventure. Il avait commencé à
revenir sur ses pas, et cherchait à remonter le cours
de ce fleuve vivant, quand tout à coup il se trouva
face à face avec une vieille femme. Il devint pâle, et
se hâta de tourner le dos à celle qui produisait sur
lui une si vive impression.

La vieille ne témoigna pas plus de calme et de

plaisir à la vue du pauvre clerc. Elle plaça ses mains sur ses hanches, se glissa parmi les curieux, à travers lesquels ses coudes se firent place, et se serra contre Rynghaut de manière à ce qu'il ne pût lui échapper.

Une fois sûre de sa proie, elle se mit à chanter, d'une voix basse et chevrotante, une ballade flamande que la tradition a transmise intacte au dix-neuvième siècle, et que les jeunes filles chantent encore en Flandre, le 24 juin, tandis qu'elles forment des ronds autour des feux de la Saint-Jean. Nous traduisons littéralement et vers par vers :

> Au jardin de mon père
> Il y avait une jeune fille ;
> Cette jeune fille avait le visage blanc,
> Ses yeux étaient bleus comme le ciel.
> Quand elle dénouait ses cheveux,
> Elle ressemblait à un saule au bord de l'eau.
>
> Ohé ! la jeune fille,
> Comment vous nomme-t-on ?
> Quand on vous voit si belle
> Baigner vos pieds dans la fontaine,
> On se sent le cœur brûlant,
> Et l'on voudrait vous embrasser.
>
> Passez votre chemin, jeune homme,
> Allez-vous-en. Ma mère
> Ne veut pas que je parle
> Aux jeunes garçons qui viennent comme vous
> Regarder par-dessus la haie
> Quand je lave mes pieds à la fontaine.
>
> Vous avez tort, ma fille,
> Car j'ai au doigt un bel anneau d'or,
> Je vous le donnerais, si vous vouliez,

1.

Et je vous conduirais à l'autel,
Où la sainte Vierge et le bon Dieu
Béniraient notre mariage.

Je ne puis vous épouser,
Ma mère m'a fiancée à Pierre,
Le fils de notre vieux voisin.
Gardez votre anneau d'or,
Je ne puis pas le prendre ;
Je ne veux pas désobéir à ma mère.

Le voyageur dit tant de belles paroles
Que la jeune fille alla dire à sa mère :
Je voudrais épouser ce garçon.
La mère leva les yeux au ciel, et s'écria :
Malédiction à ceux qui trahissent la foi jurée.
Malédiction à la fille qui désobéit à sa mère !

La jeune fille pleura ; cependant elle suivit
Le voyageur qui lui avait dit de belles paroles.
Mais la vieille l'avait maudite,
Et la misère tomba sur eux,
Avec son compère le regret,
Et sa commère la douleur.

Maintenant ils se repentent ;
Ils voudraient obtenir leur pardon.
Mais le diable rit de leurs larmes,
Les anges détournent la tête,
La vieille mère les maudit,
Et la jeune femme pleure quand elle entend chanter.

Au jardin de mon père
Il y avait une jeune fille;
Cette jeune fille avait le visage blanc,
Ses yeux étaient bleus comme le ciel.
Quand elle dénouait ses cheveux,
Elle ressemblait à un saule au bord de l'eau.

— Au nom du ciel! dame Siegbrit, s'écria Rynghaut, sur lequel cette ballade semblait produire les
douloureux symptômes décrits dans les derniers couplets, au nom du ciel! n'aurez-vous jamais ni tendresse, ni pardon dans votre cœur?

La vieille, pour toute réponse, répéta le dernier
couplet de la chanson :

> Maintenant ils se repentent;
> Ils voudraient obtenir leur pardon.
> Mais le diable rit de leurs larmes,
> Les anges détournent la tête,
> La vieille mère les maudit,
> Et la jeune femme pleure.

— Si vous n'avez point de miséricorde pour votre
fille et pour moi, du moins vous ne resterez pas dure
et insensible pour cette pauvre petite créature innocente. Regardez-la, et vous sentirez mollir votre colère; regardez-la, et il vous viendra des paroles de
pardon sur les lèvres.

Il se retourna pour montrer la petite Duyvecke à
la vieille femme, mais celle-ci s'était jetée au plus
épais de la foule et avait disparu. Rynghaut entendit seulement, au loin, le chant de fausset de la vin-
dicative créature; elle répétait sur les notes les plus
aiguës de sa voix perçante :

> Mais le diable rit de leurs larmes,
> Les anges détournent la tête,
> La vieille mère les maudit.

Il ne fallut rien moins que la vue du cortége qui

s'offrit tout à coup à ses regards pour rendre un peu de calme au pauvre Rynghaut, et le distraire de la fâcheuse impression qu'avait produite sur lui cette sinistre rencontre.

Tout à coup la foule devint si compacte et le pressa tellement, que Rynghaut faillit étouffer. Il résista le mieux qu'il put à ces vagues vivantes, et s'efforça de s'en retirer, car non-seulement un péril réel le menaçait, mais encore pouvait atteindre sa petite fille. Il joua donc des coudes et des pieds pour sortir de la mêlée; ses efforts ne lui valurent que les injures et les poussées de ceux qui l'entouraient. Bientôt ses pieds perdirent terre. Haletant, éperdu, il fut rejeté au plus fort des spectateurs. Tout à coup, jugez de son effroi, il sentit la petite Duyvecke, qu'il tenait élevée au-dessus de sa tête, de manière à la garantir des cahots dont il était victime, il sentit, dis-je, l'enfant s'échapper de ses mains. Au désespoir, il voulut la ressaisir, mais la foule l'entraîna à vingt pas de là, puis plus loin, puis à l'autre bout de la place. A la fin, il perdit connaissance et tomba. Quand il sortit de son évanouissement, il se vit entouré de personnes inconnues qui lui donnaient des soins. D'abord il crut faire un mauvais rêve, et ne se rappela rien de ce qui s'était passé; mais bientôt, hélas! la pensée et le souvenir lui furent rendus.

— Ma fille! s'écria-t-il, Duyvecke, mon enfant!

Personne ne lui répondit, car personne n'avait vu la petite fille.

— Mon enfant! je veux mon enfant!

Il s'arracha des bras de ceux qui l'entouraient, et, quoiqu'il fût nuit close et que le couvre-feu commençât à sonner, il courut sur la place du Vendredi, à l'endroit où il avait perdu sa fille. La place était aussi déserte que naguère elle regorgeait de foule. Duyvecke ne se trouvait nulle part.

L'infortuné continua à errer dans la ville, visita chacune des rues dans lesquelles il avait passé, s'informa partout de sa fille. Il lui fallut revenir au logis seul, sans l'enfant qu'une mère éperdue allait lui demander !

Marguerite, dont l'inquiétude s'était emparée depuis longtemps, épiait à la fenêtre le retour de son mari et de sa fille. Quand elle le vit seul, elle poussa un cri d'effroi :

— Ma fille ! ma fille !

André cacha son visage dans ses deux mains, et ne répondit que par des sanglots.

— Ma fille ! reprit la pauvre mère. Oh ! ma fille, qu'en as-tu fait ?

— Perdue ! perdue ! balbutia le malheureux père.

— Perdue ! cela n'est point vrai ! cela ne peut être. Tu l'as mal cherchée ! Tu ne l'as demandée à personne ! Perdue ! mon enfant, ma fille ! Allons, viens, André, il faut aller frapper à toutes les portes; il faut crier partout : Rendez-nous notre enfant !

— Rentrez chez vous, dame Marguerite, dirent les voisins accourus au bruit de cette triste scène; rentrez chez vous; vous êtes malade. Nous autres, qui nous portons bien, nous allons nous mettre à par-

courir, chacun de notre côté, les divers quartiers de
la ville. Avant peu nous vous ramènerons la petite
Duyvecke.

— Malade! que m'importe la vie sans ma fille? Ma
fille! il me faut ma fille!

Elle saisit son mari par le bras, et l'entraîna en
courant. Mais à peine avait-elle fait quelques pas, que
les forces lui manquèrent. Elle jeta un cri, tomba
lourdement sur le pavé, et y resta sans mouvement.
Le sang sortait à grands flots de sa bouche, et ses
yeux fixes restèrent ouverts.

— *Requiescat in pace!* dit un des témoins de cette
scène. Dieu a pris pitié de ses souffrances! Son cœur
ne bat plus, ses lèvres n'ont plus de souffle! elle est
morte!

André Rynghaut, assis sur ses talons, regardait
en souriant le cadavre de sa femme. Il était fou.

Le délire d'André était plus effrayant encore que le
trépassement de sa femme. Ce sourire joyeux devant
la mort glaça d'effroi les spectateurs. Ils voulurent
l'emmener, mais il résista.

En ce moment, des cris se firent entendre; des tor-
ches brillèrent dans le lointain; on ramenait en
triomphe Duyvecke à son père.

— Voici votre fille! voici votre fille! dirent les braves gens.

Et ils placèrent l'enfant dans les bras de son père.

André laissa retomber ses bras sans soutenir le pré-
cieux fardeau, qui alla rouler sur le cadavre de sa mère.

Pendant que l'on relevait l'enfant, Rynghaut

échappa à ceux qui l'entouraient, et s'enfuit précipitamment. Arrivé sur un des ponts qui couvrent la rivière, il se heurta contre le garde-fou, glissa à travers les barreaux de fer, et tomba dans l'eau, qui s'ouvrit avec un bruit sourd et se referma.

Tandis que, malgré la profondeur de l'obscurité, quelques témoins de cette scène se jetaient à l'eau, d'autres mettaient à flot une barque amarrée près du pont. Les femmes relevèrent le cadavre de la pauvre Marguerite et le transportèrent au logis de la défunte. Quant à la petite Duyvecke, ce fut une vieille femme qui la prit par la main et qui déclara s'en charger.

Lorsqu'on entendit l'offre ou plutôt la volonté de dame Siegbrit, ainsi se nommait la femme, personne n'éleva la voix pour la contredire, quoique personne ne vit sans regret Duyvecke confiée aux soins de cette inconnue. Je dis inconnue, car, en effet, quoique Siegbrit habitât Gand depuis sept ou huit années, on n'avait pu jamais rien découvrir sur elle, malgré la curiosité et l'esprit d'investigation innés et si habiles dans les villes de la Flandre.

Un beau matin, on avait trouvé Siegbrit assise au coin de la rue du Pont-Madou, avec un panier de fleurs à ses pieds. Sa haute taille, son teint hâlé, ses longues mains noires, la taciturnité absolue dans laquelle la nouvelle venue restait habituellement plongée, devinrent l'objet de mille conjectures, parmi lesquelles ne manqua pas de se glisser le mot de sorcière. Cependant rien ne justifia jamais cette accusation. Siegbrit vivait paisiblement, allait à l'église, vendait des bouquets pour les jours de fête, façonnait des statuettes de saints et de saintes, enluminait des images, et s'était fait surtout une grande renommée par le talent exquis et l'art consommé avec lequel elle fabriquait des tartes au fromage, nommées goyères dans le pays.

Tous les ans, au mois de décembre, Siegbrit disparaissait de Gand pendant quinze jours environ. Ce temps écoulé, elle reparaissait, plus triste encore que d'habitude, dans la boutique restée fermée durant l'absence de la pâtissière.

Le jour de l'enterrement, Siegbrit s'avança vers les cadavres, s'agenouilla près des cercueils, et se mit à prier avec une ferveur extrême. Plus d'une heure se passa de la sorte.

A la fin, elle se releva, coupa un peu de cheveux sur le front de Marguerite et d'André, y déposa un baiser, prit le rameau de buis déposé sur une table au pied d'un crucifix, et jeta quelques gouttes d'eau bénite sur les fronts qu'elle venait d'effleurer de ses lèvres. Puis, se tournant vers les veilleuses, qui murmuraient le mot de sorcière :

— En face de la mort, dit-elle avec sévérité, il faut prier, et non médire. Quoi! vous ne vous sentez venir à l'esprit que des pensées méchantes, vous ne songez qu'à débiter des calomnies sur une chrétienne, lorsque deux morts ont besoin de vos *De profundis !* Dieu vous pardonne comme le fait celle que vous traitez si lâchement !

Elle sortit, et laissa les commères dans la consternation.

— Dieu nous garde de mal! dirent-elles; car la haine de cette femme équivaut à de grands malheurs.

— Avez-vous vu comme elle a eu soin de jeter de l'eau bénite sur le front des deux morts, après les avoir touchés de ses lèvres?

— Et puis les cheveux qu'elle a pris? On fait bien des maléfices avec des cheveux de trépassé!

— Allons! trêve à tous vos discours, voisines, dit le bedeau de la paroisse qui entra. Voici le moment venu de fermer les cercueils; dans une demi-heure, les prêtres de la paroisse seront ici.

CHAPITRE II.

MAITRE CRUMBBRUGGHE.

Une demi-heure s'était en effet à peine écoulée, que trois prêtres et un enfant de chœur entraient dans la maison, et venaient y chercher les deux bières. Tous les habitants du quartier avaient regardé comme un devoir d'assister aux obsèques de leurs malheureux voisins, et plus de trois cents personnes se tenaient rangées devant la porte, au moment où le cortége funèbre se mit en marche. Dès que les cercueils eurent franchi le seuil de la maison, Siegbrit parut vêtue de noir ; elle tenait dans ses bras la petite Duyvecke, également couverte d'habits de deuil. On ne put se défendre d'un mouvement de compassion et de douleur à la vue de cette orpheline de cinq ans, qui suivait, en jouant avec le voile de celle qui la portait, les dépouilles mortelles de son père et de sa mère.

Le lendemain de cette triste journée, Siegbrit, la petite fille assise sur ses genoux, occupait dans son comptoir la place où elle siégeait en véritable reine des tartelettes, lorsqu'elle vit entrer un des domestiques de maître Crumbbrugghe, l'échevin :

— Mon maître, dame Siegbrit, me charge de vous annoncer une bonne nouvelle. Il vous fait dire qu'il vient d'obtenir pour l'orpheline d'André Rynghaut une place qui se trouvait vacante à l'hospice des Enfants d'Alyns (1).

---

(1) L'hospice de Sainte-Catherine ou des Enfants d'Alyns est établi sur le quai de la Grue. Cet établissement doit son origine à une de ces haines violentes qui, à l'exemple des vendette italiennes, des Capuletti et des Montaigu, ensanglantèrent souvent la Flandre. Deux des principaux bourgeois de Gand, Henry Alyns et Simon Rym, aimaient la même jeune fille. Les parents et les amis de chacun des rivaux épousèrent leur querelle, et Henry Alyns fut assassiné dans l'église Saint-Jean. Ses meurtriers n'obtinrent leur grâce que huit ans après le meurtre (1362), sous la condition de fonder un hôpital destiné à quinze enfants orphelins, pris, autant que possible, parmi les descendants de la famille Alyns.

— Je ne veux point me séparer de l'enfant que j'ai reçu sous mon toit, répondit Siegbrit.

— Monsieur l'échevin m'a donné l'ordre d'emmener l'enfant de Rynghaut, et je l'emmènerai, répondit insolemment le valet, qui voulut prendre Duyvecke dans les bras de la marchande.

Celle-ci saisit un grand couteau, et en menaça la poitrine du domestique, qui recula plein de terreur.

— Va-t'en ! lui cria Siegbrit en jetant le couteau loin d'elle. Va-t'en ; tu me ferais commettre quelque crime !

En disant cela, elle était pâle comme une trépassée ; ses mains tremblaient convulsivement ; ses lèvres blanches pouvaient à peine balbutier quelques paroles.

Le domestique ne se fit pas répéter deux fois l'ordre de sortir. Il s'enfuit à toutes jambes, et il était en train de raconter à son maître, non sans exagération, l'accueil qu'il avait reçu et le refus que faisait Siegbrit d'obéir, lorsque la vieille femme entra chez l'échevin. Elle portait Duyvecke dans ses bras :

— Maître Crumbbrugghe, dit-elle, je viens vous demander à garder cette enfant près de moi ; je suis seule au monde, et j'avais résolu de rester seule au monde. En voyant cette orpheline, abandonnée de tous sur la terre, mon cœur, depuis si longtemps insensible, s'est ému de compassion et de tendresse ; il m'a semblé que le ciel me donnait un enfant, et prenait, à la fin, mon abandon en pitié. Laissez-moi Duyvecke ; je suis devenue sa mère.

— La chose n'est plus possible; j'ai obtenu des échevins mes collègues l'admission de l'orpheline à l'hospice d'Alyns. Ils ont décidé cette mesure; il n'y a plus à en revenir.

— Mais j'ai des droits sur cette enfant, moi! reprit Siegbrit, et je ne les abandonnerai point. Croyez-vous que je l'ai recueillie dans ma maison, que je me sois résolue à l'aimer, que je l'aime, pour m'en séparer maintenant? Jamais! Vous ne connaissez pas Siegbrit, mon maître.

— Trève à tous ces discours. Je vous l'ordonne comme magistrat et échevin de la ville de Gand! Remettez-moi sur l'heure, à l'instant même, l'enfant dont vous vous êtes frauduleusement emparée.

Siegbrit saisit Duyvecke et l'éleva violemment en l'air, comme si elle eût voulu la jeter à ses pieds et l'y briser. Mais elle réprima aussitôt ce mouvement de colère, et ajouta, en s'efforçant de montrer un calme bien loin d'elle :

— Cette enfant, je vous le répète, m'appartient; je suis sa grand'mère.

— Mensonge que tout cela. Croyez-vous me prendre pour dupe? Jamais, depuis huit ans, vous n'avez échangé une parole avec Marguerite; jamais son mari n'est entré chez vous.

— C'est que j'avais défendu à ma fille désobéissante de regarder en face sa mère; c'est que j'avais ordonné au séducteur de ma fille de ne franchir jamais le seuil de ma maison. Oh! vous ne connaissez pas Siegbrit! Quand Rynghaut me supplia de venir par-

donner et bénir Marguerite mourante, mon cœur est
demeuré froid et mon oreille sourde... Elle-même elle
a quitté son lit de souffrance pour se traîner jusqu'à
ma porte, pour tomber à mes pieds et tenter de me
fléchir. Rien qu'à voir mon regard, elle a passé devant ma maison sans oser s'arrêter. Elle n'a reçu de
pardon pour elle et pour son mari qu'au moment où
mes lèvres se sont posées sur leurs deux fronts glacés
par la mort.

— Par quelle faute avait-elle mérité une pareille
rigueur ?

— Par quelle faute ? Ils m'avaient désobéi ! Marguerite aimait Rynghaut, et je lui avais défendu
d'aimer le fils de l'ennemi de mon père. Malgré mes
ordres elle vit en secret André... Une nuit, enfin, elle
s'enfuit de la maison maternelle pour épouser son
amant, et vint habiter avec lui cette ville. Loin de la
Frise, ma patrie, ils se croyaient à l'abri de la colère
et de la vengeance de celle qu'ils avaient offensée. On
n'échappe jamais à la vengeance de Siegbrit. Moi
aussi j'ai quitté la Frise ; moi aussi je suis venue habiter Gand. Pauvre, je me suis assise sur le seuil de
leur maison : ils ne pouvaient ouvrir leur fenêtre
sans me voir là, terrible et inexorable ! Ils ne pouvaient franchir la porte de leur logis, sans entendre
mes malédictions. Lorsque mon travail m'eut acquis
un peu d'aisance, j'achetai la maison qui se trouve
en face de la leur. Quand Marguerite embrassait son
enfant et oubliait, dans ses joies maternelles, sa faute,
son repentir et ma colère, je l'appelais ; je lui mon-

trais le crâne de son père, mort du chagrin que lui avait causé la désobéissance de sa fille. Voilà pourquoi sa vie s'est écoulée dans une tristesse constante; voilà pourquoi elle est tombée malade et a succombé au désespoir. Si le malheur les a frappés tous les deux, c'est parce que Dieu entend et exauce la malédiction des mères outragées.

Une fois ma vengeance accomplie, je me suis mise à m'en repentir et à la regretter. Mon cœur s'est ouvert à la pitié; j'ai commencé à aimer cette enfant de ma fille avec toute la tendresse dont j'avais déshérité sa mère. Vous voyez bien que je ne puis pas me séparer de Duyvecke.

— J'aime à croire que vous me dites la vérité. Néanmoins, il faut en donner des preuves légales, avant de pouvoir rester en possession de votre petite-fille. Je vais la faire provisoirement déposer à l'hospice; vous ferez valoir ensuite les droits que vous avez à la réclamer.

— Je ne la quitterai pas d'un moment, je vous l'ai déjà dit. Des preuves? des droits? Qu'est-il besoin de tout cela pour qu'une aïeule ne se sépare point de sa petite-fille? Vous êtes échevin, vous êtes riche, vous êtes puissant, maître Crumbbrugghe; mais n'essayez pas de lutter avec moi, vous ne resteriez pas le vainqueur.

— Encore une fois, je vous ordonne de me remettre cette enfant!

— Essayez de l'arracher de mes bras, s'écria Siegbrit, et dès demain le malheur s'assiéra dans votre logis.

Des maladies fatales, mortelles, frapperont votre
femme et vos enfants ! Le coq rouge de l'incendie
chantera sur vos maisons et sur vos fermes !

— Misérable sorcière !

— Sorcière ! On m'a donné souvent ce nom-là !
Parfois même je me suis demandé si je ne le méritais
point en effet. Sorcière ! Oui, peut-être suis-je réelle-
ment une sorcière ? Satan le veuille ! car je t'écrase-
rais sous mon pouvoir infernal, et j'assouvirais sur
toi le besoin de vengeance dont ma fille (Dieu la
prenne en aide !) m'avait donné l'habitude. Je souf-
frais de n'avoir plus personne à haïr : merci d'avoir
comblé ce vide de mon âme. Ah ! tu veux mon enfant, eh bien ! essaie de venir me l'enlever !

Elle prit Duyvecke dans ses bras, et sortit à pas
lents, non sans se retourner de temps à autre vers
l'échevin, sur lequel elle lançait des regards veni-
meux.

Le digne magistrat se sentait fort peu à l'aise devant ces témoignages de la haine de Siegbrit. Néanmoins, naturellement entêté et vaniteux, la peur ne
le fit point renoncer à son projet de réduire à la
raison la marchande de goyères. Il se rendit donc
près de ses collègues, qui se trouvaient réunis, ce
jour-là, pour décider de quelque affaire publique, et
leur raconta la scène dont il venait d'être la victime.
Il conclut à ce que Siegbrit fût chassée de la ville
comme sorcière, et à ce qu'on lui enlevât, au préala-
ble, la petite Duyvecke, pour la déposer, ainsi que
l'Échevinage l'avait décrété la veille, à l'hospice

d'Alyns. Les magistrats de Gand approuvèrent à l'u-
nanimité cette double mesure, et ordonnèrent à quatre sergents d'armes de la mettre à exécution.

Quand les agents de la force publique arrivèrent
devant la maison de Siegbrit, ils la virent fermée.
Ils se mirent sur-le-champ à l'œuvre pour l'ouvrir, et, ne pouvant le faire, ils recoururent à la hache et à la pioche. On trouva une résistance à laquelle on était loin de s'attendre. L'épaisseur des
planches de chêne, les larges barreaux de fer qui les
renforçaient, demandèrent plus de trois heures avant
de céder. A la fin, cependant, une ouverture se fit ;
mais il s'en échappa aussitôt une odeur tellement
pestilentielle, que toute la rue s'en trouva infectée,
et qu'il fallut suspendre quelque temps l'attaque.
Enfin, on s'introduisit dans la maison ; personne ne
s'y trouvait : Siegbrit et Duyvecke avaient disparu !
Un feu lent et sans flamme achevait de ronger tous
les meubles amoncelés au milieu de l'arrière-boutique. De ce foyer s'exhalait l'odeur redoutable qui
avait forcé les travailleurs à reculer.

La disparition de Siegbrit, l'inutilité des recherches faites pour la retrouver, ne pouvaient, au sei-
zième siècle, en Belgique, et à Gand, être expliquées
que par la sorcellerie. Donc, la marchande de goyères fut déclarée sorcière, et, comme telle, condamnée
au feu.

Huit jours après la fuite de la vieille femme, une
foule immense se réunit devant sa maison. Là, les
officiers de la justice, en grand costume, sommèrent

iegbrit de comparaitre, et l'appelèrent trois fois à
aute voix. Alors un huissier lut l'arrêt qui la dé-
arait sorcière, maléficiaire, vouée au diable, et or-
)nnait qu'elle serait soumise à la torture ordinaire
 extraordinaire : après quoi, ajoutait la condamna-
·)n, elle sera conduite sur la place du Vendredi,
·ûlée vive, et ses cendres jetées au vent.

Le bourreau répéta trois fois son appel, que suivit
) silence profond parmi la foule. Alors un prêtre
ivança, et jeta de l'eau bénite sur la maison pour
) écarter le diable. Aussitôt des ouvriers, sur l'or-
·e des magistrats, commencèrent à démolir de fond
) comble cette maison, sans y laisser pierre sur
erre. On fouilla jusque dans les fondements, on
ma du sel sur le terrain, et l'on chargea la charrette
) bourreau de tous les débris qui pouvaient être
ûlés.

Ce premier acte-terminé, on se rendit sur la place
) Vendredi pour assister au second. On forma un
)cher avec les débris de la maison de Siegbrit ; on
)aça sur ce bûcher un mannequin de femme ; et le
)urreau y mit le feu en appelant de nouveau de
 voix coassante : « Siegbrit ! la sorcière Sieg-
it ! »

L'échevin Crumbbrugghe avait assisté, comme ma-
strat, à toutes ces cérémonies lugubres ; sa grosse
)ure rebondie exprima une joie pleine de triomphe
)rsqu'il vit s'écrouler la maison de Siegbrit, et il
)t le premier à donner le signal des applaudisse-
ents quand la flamme, sortie du bûcher, commença

à mordre le mannequin qui figurait la vieille femme.
Il revint donc à son logis, satisfait de sa vengeance
accomplie, fier d'avoir prouvé où menait la désobéissance à son pouvoir, et surtout en grand appétit,
car l'air vif du matin l'avait aidé dans le travail de
la digestion, et favorablement disposé à faire honneur au repas de midi. Comme il se mettait à table,
on lui remit une lettre que venait d'apporter une
femme inconnue; il l'ouvrit négligemment et y jeta
les yeux : sa figure devint pâle comme celle d'un
trépassé, et il faillit tomber de son fauteuil ; il avait
lu dans cette lettre :

« Siegbrit somme l'échevin Crumbbrugghe, magis-
« trat injuste et juge inique, à comparaître dans un
« an devant Dieu. Celui qui condamne sera con-
« damné; celui qui voulait séparer une mère de sa
« fille sera séparé de ses enfants. »

— Arrêtez cette femme ! arrêtez cette femme !
s'écria-t-il quand il fut revenu de sa première surprise.

Les domestiques coururent pour obéir à l'ordre de
l'échevin, mais la femme avait disparu, et l'on ne put
la retrouver.

Maître Crumbbrugghe eut beau se répéter qu'il y
avait folie à donner quelque importance aux menaces d'une misérable créature comme Siegbrit, ces
menaces lui revenaient sans cesse à la mémoire, et
restaient présentes à sa pensée. Le jour, elles le dis-
trayaient de ses plus chères occupations; la nuit,
elles troublaient ses rêves et l'éveillaient en sursaut.

Six mois s'écoulèrent sans qu'il pût bannir de son esprit l'effet de la fatale lettre. Aussi le vit-on peu à peu devenir pâle et perdre son embonpoint. Le vin le laissait sans gaieté; la bonne chère le trouvait indifférent, et il fréquentait, avec plus d'assiduité encore, son église paroissiale.

Cependant, au milieu de ces inquiétudes, il ne négligeait en rien ses fonctions municipales. Il assistait avec ponctualité à toutes les réunions des échevins, et semblait presque oublier ses soucis en traitant les affaires de la ville. Jugez donc du chagrin qu'il éprouva, lorsqu'il vit un jour, en entrant à l'hôtel de ville, ses collègues, les autres échevins, le regarder d'un air mystérieux et ne point l'accueillir avec l'empressement qu'ils lui témoignaient d'ordinaire. Personne n'avançait vers lui; personne ne lui tendait la main; personne ne lui souhaitait la bienvenue.

Triste, embarrassé, inquiet, il s'assit à sa place habituelle. Alors le bourgmestre, après une courte conférence avec ses collègues les échevins, dit avec sévérité :

— Maître Crumbbrugghe, comme échevin et doyen en chef du métier des tisserands, vous avez une des trois clefs du *Secret de la Ville* (1). Le doyen de la

(1) Ce qui s'appelait le *Secret de la Ville* était un coffre de bois revêtu de plaques de fer, fermé de trois serrures différentes, et contenant les chartes des Gantois. L'une des clefs était confiée au premier échevin, l'autre au doyen en chef des métiers, et la troisième au doyen des tisserands.

bourgeoisie, maître Lievin Pyn, et le doyen en chef
des métiers, ont déposé chacun leur clef dans un
coffre de fer fermé par douze clefs, confiées aux
douze membres les plus âgés de leur corporation.
Vous seul n'avez point suivi ce sage exemple, et êtes
resté purement et simplement dépositaire de la clef.
Or, il se fait qu'aujourd'hui il manque dans le *Secret* une pièce importante, celle précisément qui
oblige votre famille à restituer, dans cent années, à
la ville de Gand, quatre maisons situées sur le quai
Saint-Antoine, et dont l'usufruit vous est laissé jus-
que-là à vous et aux vôtres, comme il résulte d'un
acte passé, en 1323, entre vos ancêtres et les magistrats de cette ville.

— Cette pièce manque dans le *Secret !* s'écria
Crumbbrugghe avec stupéfaction.

— Une lettre m'a donné avis de la soustraction de
cet acte, et vous désignait comme l'auteur d'un pareil
crime ; j'ai assemblé sur-le-champ les échevins ; le
Secret a été ouvert et l'on n'y a point trouvé en effet
ladite pièce.

— Et c'est moi, moi qu'on accuse de ce crime?

— Quel autre que vous était dépositaire de la clef?
quel autre que vous avait intérêt à faire disparaître
les pièces dérobées?

— Vous me soupçonnez, moi, votre collègue, moi,
votre ami !

— Justifiez-vous, et nous proclamerons avec joie
votre innocence. Mais tout vous accable, au contraire.
Il y a trois semaines, vous êtes venu seul à l'hôtel

de ville, seul vous avez ouvert le *Secret,* seul vous avez fouillé dans les lettres qu'il renferme. Vous n'aviez d'autre compagnon et d'autre témoin que votre secrétaire André Rynghaut, qui s'est donné la mort, sans doute par regret du crime dont vous l'avez rendu complice.

Crumbbrugghe, atterré, cacha son visage dans ses deux mains, et ne put retenir ses larmes; il sentait son courage succomber sous tant d'apparences injustes, et qu'il ne pouvait pourtant réfuter.

—Ce n'est point tout, reprit le bourgmestre; un autre titre, *les franchises de l'Achat de Flandre,* le plus important de nos priviléges, celui qui assure de si grandes libertés à la ville de Gand, a disparu également. Celui-ci, on a du, pour l'anéantir, recevoir des sommes immenses, car nous savons qui peut avoir intérêt à le faire disparaître et à récompenser une si coupable trahison. Or, maître Crumbbrugghe, tout cela fait qu'il est de notre devoir de réclamer votre arrestation et de vous traduire devant la justice.

Au même instant, les estafiers de la ville entrèrent, la hallebarde au poing, dans la salle des délibérations, saisirent maître Crumbbrugghe, et le conduisirent à la prison de la ville.

Le bruit de cette étrange nouvelle se répandit rapidement parmi les bourgeois, car la richesse et le rang de l'échevin faisaient de lui un des plus hauts personnages de Gand. L'importance du privilége disparu donnait d'ailleurs une gravité extrême à l'accusation qui pesait sur lui; sa perte autorisait l'ar-

2.

chiduc à doubler l'impôt si bon lui semblait, et à méconnaître plusieurs droits importants de la ville. Aussi l'indignation générale éclata dans toutes les classes de la bourgeoisie, et particulièrement dans la corporation des bouchers, qui se trouvait libérée en partié, grâce à l'Achat de Flandre, des exorbitants droits d'entrée que payaient depuis vingt années les bestiaux. Ils se réunirent donc en foule devant leur maison de Corps. Là, les têtes s'échauffèrent ; des memaces et des cris de vengeance s'élevèrent contre Crumbbrugghe ; et l'effervescence populaire devint si violente, que plusieurs centaines de furieux se portèrent vers la prison, en enfoncèrent les portes et s'emparèrent du malheureux échevin. Quatre hommes, le visage barbouillé de sang de bœuf, pour qu'on ne pût les reconnaître, entraînèrent Crumbbrugghe sur la place du Vendredi, et, entourés d'une foule immense, dressèrent un échafaud improvisé, sur lequel ils obligèrent leur prisonnier à monter. Alors on l'accabla d'invectives, on lui jeta de la boue, et les pierres sifflaient de toutes parts à ses oreilles, quand une voix aiguë qui fit tressaillir l'infortuné, car il crut reconnaître celle de Siegbrit, domina le tumulte, tant elle était perçante, et cria :

— La torture !

Des applaudissements répondirent de toutes parts à cette infernale idée ; on courut chercher le bourreau, on l'obligea à charger sur une charrette ses instruments de supplice ; le poignard sur la gorge, il fallut qu'il appliquât à la torture l'échevin. Malgré la violence des douleurs qu'il subissait, ce dernier ne cessa point un moment de protester de son innocence.

Cependant la populace devenait plus furieuse que jamais, loin de se laisser toucher par la persévérance de Crumbbrugghe à nier le crime dont il était accusé. Aussi, quand la voix aiguë se fit entendre de nouveau et cria :

— Au bûcher !

Il y eut encore plus de joie et d'acclamations que quand il s'était agi de torture.

Deux minutes suffirent pour improviser le bûcher et y enchaîner Crumbbrugghe. On vit alors une grande créature, enveloppée d'un manteau et le visage caché sous un large chapeau, s'approcher et se baisser, une torche à la main. Elle tira de son sein deux parchemins auxquels pendaient des sceaux, les montra au patient, et même se découvrit, de manière toutefois à ne pouvoir être vue que de l'échevin. Ensuite cette figure à laquelle on n'aurait pu assigner un sexe, et qui semblait plutôt un démon qu'un homme, jeta la torche dans le bûcher, et se replongea dans la foule. Soudain la flamme jaillit, Crumbbrugghe poussa un affreux gémissement, et l'on n'entendit plus que le craquement du bois qui brûlait et le pétillement des flammes.

Le lendemain, on trouva déposé sur les cendres éteintes du bûcher un paquet qui renfermait deux parchemins ; c'étaient les deux actes disparus du *Secret de la Ville*, et que l'échevin était accusé d'avoir dérobés.

Une fois en fureur, la populace ne s'arrête point facilement, et ne rentre dans l'ordre qu'après avoir assouvi de toutes les manières sa soif de destruction. Quand les Gantois eurent vu s'éteindre le bûcher sur lequel ils avaient fait périr l'échevin, ils mirent au pillage les nombreuses maisons qu'il possédait dans la ville, les démolirent de fond en comble, brûlèrent les marchandises qui se trouvaient dans les magasins et déchirèrent les livres de commerce. Par bonheur, la femme et les quatre enfants du doyen des tisserands avaient pris la fuite, car sans cela ils eussent été assassinés comme l'infortuné Crumbbrugghe.

Le lendemain, les magistrats de la ville, qui, faute de forces militaires suffisantes pour arrêter de si funestes désordres, n'avaient pu y opposer que d'inutiles remontrances, reçurent un renfort considérable de troupes; mais ces troupes ne trouvèrent plus rien à réprimer. Chacun était retourné chez soi et à son travail; tous ces forcenés étaient redevenus des pères de famille paisibles et laborieux. On rechercha les principaux coupables; la justice fit des enquêtes; comme il arrive d'ordinaire dans les émeutes, il ne se trouvait point de chefs; chacun avait agi sous une impulsion fiévreuse et spontanée. Quant au personnage mystérieux que l'on avait vu au milieu de cette fatale agitation, personne ne le connaissait, et personne n'avait vu les traits de son visage. Il n'en devint pas moins le bouc expiateur de la révolte; on le condamna par contumace à la torture et à la mort, et on le somma de comparaître devant la justice. Les sommations, ridiculement adressées à un homme dont on ne savait pas même le nom, restèrent, vous le comprenez, sans effet, et bientôt l'on ne parla plus dans la ville du funeste événement que pour plaindre Crumbbrugghe et sa malheureuse famille.

En effet, le crime imputé à l'échevin se trouvait enveloppé de tant d'inexplicables circonstances, que l'on regardait l'infortuné comme innocent. On s'apitoyait donc sur son sort, et surtout sur celui de sa famille, car les enfants et la veuve de Crumbbrugghe étaient passés tout à coup d'une grande fortune à une affreuse misère ; la démolition des maisons qui leur appartenaient, la destruction des marchandises, et la perte du négociant habile, qui manquait tout à coup à la direction des nombreuses affaires qu'il avait entreprises, ne leur laissaient aucune ressource.

Comment connaître les débiteurs, puisque les livres de commerce, la correspondance, tous les papiers avaient été anéantis? Comment répondre aux créanciers qui se présentèrent avec des titres en règle et qui s'emparèrent du peu qui restait ?

Il fallut que la veuve et les enfants de l'échevin se retirassent dans une petite maison du faubourg de Bruxelles, où les reçut une vieille parente, elle-même presque sans fortune. Dame Crumbbrugghe mit ses enfants en apprentissage chez des ouvriers, car elle n'avait rien voulu accepter des amis qui lui restaient à Gand, et elle avait repoussé avec indignation une rente viagère offerte par les échevins.

— Je ne veux pas le prix du sang de mon mari,

avait-elle répondu. Ceux qui l'ont laissé assassiner par faiblesse sont aussi coupables que ceux qui ont fait ce crime par fureur.

CHAPITRE III.

IANS CRUMBBRUGGHE.

L'ainé des fils de la digne veuve se nommait Ians. Agé de quinze ans, il quitta tout à coup les allures d'un enfant pour devenir un homme sérieux et plein d'amour du travail. Le tisserand chez lequel il était entré comme apprenti se plaisait à rendre une grande justice à l'activité, à l'intelligence et au bon sens commercial de son élève : il n'eut point, durant trois années qu'il le garda dans sa maison, un seul reproche à lui adresser. Ce temps écoulé, il lui dit :

— Ians, vous voici devenu un habile ouvrier; il ne vous manque maintenant que l'expérience des affaires. Prenez cette somme d'argent, elle vous servira à gagner les villes hanséatiques. Vous irez à Berghen; là, vous vous ferez recevoir par l'un des *Serments* d'ouvriers, qui forment dans l'Europe commerciale la vaste association sans laquelle la fortune n'est plus possible aujourd'hui. Au bout de deux années, vous reviendrez à Bruxelles; j'espère alors pouvoir vous donner des preuves de l'intérêt que je vous porte.

— Mon digne maître, vos offres me touchent, reprit le jeune homme ; mais ma mère, ma sœur et mon frère, dont les faibles ressources se trouvent épuisées, n'ont plus d'autre moyen d'existence que mon travail ; vous le voyez, je ne puis partir.

— Sois sans crainte, Ians : ta mère et ta sœur recevront, chaque semaine, de quoi vivre à l'aise ; quant à ton frère, le voici en âge de te remplacer chez moi ; il deviendra mon apprenti. A ton retour, tu m'indemniseras de ce que j'aurai fait pour eux. Si tu ne revenais pas, eh bien ! je suis père, et j'aurai fait pour ta famille ce que je voudrais que le bon Dieu fît faire pour la mienne, si le malheur venait à me frapper.

Ians alla donc embrasser sa mère, et partit le lendemain pour la ville de Berghen.

Berghen, capitale de la Norwége, servait de comptoir principal aux hanséates, et comptait dans ses rues tortueuses et enfumées des marchands de tous les pays. Elle formait alors le centre de la vaste association dont il est important, avant d'aller plus loin, d'apprendre en quelques mots l'histoire.

Hanse vient des mots allemands *anz-set, ou bord de la mer*. La hanse est une association qui remonte, dit-on, au dixième siècle, et qui eut pour but, dans le principe, de protéger la navigation contre les pirates qui désolaient la Baltique.

Elle se composa d'abord de quelques villes situées sur les côtes de la mer, depuis le golfe de Finlande

jusqu'à l'embouchure du Rhin. Les villes confédérées
prirent le nom de villes *hanséatiques.* Leur nombre
s'élevait déjà à soixante-quatre à la fin du quator-
zième siècle. La hanse avait des flottes, une armée,
un trésor, et tout ce qui constitue un gouvernement.
Elle se divisait en quatre membres ou quartiers. Le
premier avait pour métropole Lubeck, et s'appelait le
Vandale; il comprenait les villes hanséatiques, depuis Hambourg jusqu'à l'extrémité de la Poméranie;
le second, appelé le *Rhin,* avait pour chef-lieu ou
métropole Cologne; le troisième, le *Saxon,* métropole
Brunswick, comprenait plusieurs villes de la Saxe et
de la Westphalie; le quatrième, le *Prussien,* métropole Dantzig, se composait des villes confédérées de
la Prusse et de la Livonie. Chacune de ces métropoles
avait une charge et un titre à part. Berghen était le
chef de la confédération hanséatique; Dantzig, le *chan-
celier* ou *orateur;* Brunswick, le *maréchal,* ou *cura-
teur;* Cologne, le *trésorier.* Les assemblées générales
se tenaient tous les trois ans à Lubeck. Chaque *quartier*
avait son assemblée particulière annuelle dans sa métropole. La hanse était parvenue, au commencement
du quinzième siècle, à son apogée de puissance et de
prospérité. Elle exploitait exclusivement le commerce
de la Baltique; elle équipait de grandes flottes, et
guerroyait avec les princes du Nord qui contrariaient
ses spéculations ou prétendaient porter atteinte à ses
priviléges.

La hanse, qui devait sa force et sa richesse à l'association, favorisait donc l'association par tous les

moyens possibles et l'encourageait parmi les siens. Il
existait dans chacune des villes hanséatiques une
sorte de franc-maçonnerie dont les initiés devaient
traverser un à un les grades. La fortune et le rang
n'exemptaient personne des épreuves à subir. Une
fois admis, les compagnons trouvaient aide et secours parmi les hanséates. Dans les crises difficiles on
leur prêtait les capitaux d'un fonds commun ; on prenait soin de leurs veuves, et on mettait en apprentissage
leurs orphelins ; quand ils tombaient malades et deve-
naient incapables de diriger leurs affaires, on choisissait
parmi les plus habiles de la hanse quelqu'un pour les
remplacer. Du reste, il n'était pas permis au premier
venu d'entrer dans cette association ; les épreuves que
devaient subir les néophytes ne contribuaient pas
médiocrement à en restreindre le nombre.

Ians, en arrivant à Berghen, resta d'abord étourdi
du tumulte et de l'agitation qui se faisaient dans
cette ville. Habitué au calme des rues de Bruxelles,
il faillit deux ou trois fois se faire écraser par les in-
nombrables voitures chargées de marchandises, qui
parcouraient en tous sens les différents quartiers.
Aussi l'apprenti se hâta d'entrer dans une petite auberge qui se trouvait à l'entrée du faubourg.

— Pouvez-vous me loger chez vous, demanda-t-il à
l'hôtesse qui trônait dans le comptoir, ma bonne dame?

A la vue de Ians, la vieille aubergiste parut éprou-
ver une vive émotion. On aurait dit que les regards
et la voix pleine de douceur du jeune homme lui cau-
saient une impression douloureuse.

— Passez votre chemin, répliqua-t-elle brusquement ; toutes les chambres de ma maison sont occupées.

— Tant pis, répliqua Ians, car je suis étranger dans Berghen ; j'y arrive accablé de fatigue, et je ne sais où trouver un logement, ma bonne femme. Pouvez-vous au moins m'indiquer une auberge voisine ?

— D'où venez-vous ? reprit l'aubergiste. Je reconnais à l'accent de votre voix que vous êtes Flamand.

— J'arrive tout droit de Bruxelles.

— De Bruxelles? votre prononciation annonce un Gantois.

— Je suis né en effet dans cette ville.

— Et quel est votre nom ?

— Ians.

— Le nom de votre famille ?

— Ians Cambbrugghe.

A ce nom, la vieille laissa échapper le pot d'étain qu'elle venait de remplir de bière.

— J'y viens pour m'y faire recevoir compagnon de la hanse.

— Et vous comptez arriver sous peu au grade de maître ?

— Non, il n'appartient pas à un pauvre ouvrier comme moi d'aspirer si haut, répliqua Ians en soupirant.

— Vous n'êtes donc pas riche ?

— Quand on a perdu depuis longtemps son père,

ón n'est jamais riche. Que Dieu me donne la force de gagner mon pain et celui de ma mère, c'est tout ce que je demande à sa miséricorde.

— Ce sont là de bons sentiments, dit l'aubergiste visiblement émue, et puisque vous êtes un ouvrier laborieux et un bon fils, vous trouverez asile chez moi : je vous faciliterai les moyens d'être admis au noviciat de la hanse. Les compagnons tisserands ont choisi mon auberge pour lieu de leurs réunions. Je suis leur Mère. Quittez votre havresac, asseyez-vous à cette table, et si votre bourse est vide, la mère Willems vous fera crédit.

— Je n'ai, grâce à Dieu, besoin du crédit de personne, interrompit Ians en tirant de sa poche une bourse de cuir assez rondelette encore.

— Duyvecke! s'écria la vieille, holà, Duyvecke! apportez à déjeuner à ce jeune homme.

A cet appel, une jeune fille montra sa jolie tête à la porte de l'arrière-boutique, regarda l'aubergiste et Ians, disparut et revint quelques instants après. Ses petites mains blanches, gantées d'une mitaine de laine rouge, qui laissait nus le pouce et les autres doigts, tenaient un immense plat d'étain. Elle le plaça devant le nouveau venu, et tandis que ce dernier commençait à faire honneur à l'excellent rôti qu'on venait de lui servir, elle alla puiser, au robinet d'un tonneau placé dans la boutique même, un pot de bière brune et mousseuse qu'elle mit sur la table à côté du plat.

Tout en apaisant le rude appétit que lui avait donné

le voyage, Ians considérait la jeune fille qui venait de le servir, et que l'aubergiste appelait du joli nom de Duyvecke, nom hollandais qui signifie, vous le savez, petite colombe.

Elle paraissait âgée de quinze à seize ans tout au plus. Une jupe de laine rouge tombait jusqu'à ses chevilles, et laissait voir deux souliers mignons à talons élevés, et dont une large boucle d'argent couvrait le cou-de-pied cambré. Un corset de velours noir, brodé en or et ouvert sur la poitrine, montrait une chemisette de fine batiste plissée à petits plis. Cette sorte de veste à larges basques laissait nus le cou et la poitrine; les manches étroites ne descendaient que jusqu'aux coudes.

Cet ajustement coquet de Duyvecke se complétait par une coiffure pleine d'originalité et de grâce. C'était une sorte de grand voile de dentelle qui retombait sur ses épaules, et que pressaient contre le front des plaques d'argent rehaussées de pierreries, telles qu'en portent encore, de nos jours, les femmes de la Frise. Sous ce diadème brillaient deux grands yeux noirs, et s'entr'ouvrait une petite bouche fraîche et rieuse que Ians ne put s'empêcher de comparer à deux cerises.

En voyant l'étranger la regarder avec tant d'attention, la jeune fille, qui semblait habituée aux hommages rendus à sa beauté, remplit de bière jusqu'au bord le gobelet que sa pratique laissait vide, et, suivant la coutume du temps, porta à ses lèvres la mousse du breuvage.

— A votre santé, dit-elle ; Dieu vous donne la réussite de vos projets !

— Dieu vous entende ! reprit-il. Puissiez-vous être la colombe qui m'apporte, dans son joli bec rose, le rameau d'olivier de l'espérance et du bonheur !

Il porta le gobelet à ses lèvres et le vida d'un seul trait. L'allusion à son nom fit sourire la jeune fille.

— Buvez à ma santé, dit-elle ; je prierai Dieu pour vous, et je ferai une neuvaine à Notre-Dame de Berghen, afin d'obtenir qu'elle vous protége.

— Et maintenant, jeune homme, dit l'aubergiste, il faut vous occuper de votre réception parmi les compagnons de la hanse. Voici précisément Iacobs, le maître des compagnons tisserands.

Elle présenta le jeune homme à l'ouvrier. Celui-ci était un vieillard à la mine sévère et aux traits durs.

— Vous voulez entrer parmi les compagnons hanséates? demanda-t-il. Voyons d'abord si vous réunissez les qualités requises pour le noviciat. Savez-vous manier la navette et fabriquer les plus fines batistes ?

— Je crois, sans vanité, pouvoir défier les plus habiles tisserands.

— Nous verrons bien. Êtes-vous né légitimement de père et mère légitimes?

— Oui.

— Vos père et mère n'ont-ils jamais éprouvé de condamnations infamantes; le fer du bourreau ne les a-t-il point marqués du fer rouge? N'a-t-il point coupé leur nez ou leurs oreilles ; enfin la hart ou le bûcher n'ont-ils point mis fin à leurs jours ?

— Mon père a péri victime de la fureur populaire ; mais aucun arrêt n'avait flétri son honneur.

— Son père était innocent, dit l'aubergiste ; j'en donnerai les preuves à la hanse, maître Iacobs.

— Du moment où vous êtes disposée à prononcer les serments d'usage, dame Willems, je n'ai plus rien à dire, répliqua l'ouvrier.

— Mon père ! Vous avez connu mon père ? vous avez les moyens de prouver son innocence ? oh ! parlez ! parlez !

— Jeune homme, Siegbrit Willems a été chassée de Gand par l'ordre de l'échevin votre père. Il l'a fait condamner comme sorcière ; il a ordonné de démolir sa maison de fond en comble ; et pourtant celle qu'il accablait ainsi était innocente. Crumbbrugghe pouvait facilement en acquérir la preuve, il ne l'a point fait.... Le talion l'a frappé ; innocent, il a été condamné ; le bûcher qu'il me destinait l'a dévoré ; ses maisons ont été démolies comme la mienne : c'était justice. Mais la vengeance et l'expiation ne doivent pas aller au delà de la tombe. Siegbrit attestera par serment, devant la hanse, que votre père était innocent, et elle servira de protectrice au fils de son ancien ennemi. *De profundis* pour le repos de son âme.

Elle prit un chapelet à sa ceinture, en plaça le crucifix devant ses yeux et récita les prières des morts, tandis que Ians et le compagnon hanséate, la tête découverte, répétaient à voix basse les versets du psaume.

— *Amen*, dit la vieille en finissant, et que maître Crumbbrugge me pardonne dans le ciel comme je lui pardonne sur la terre !

— Si mon père a eu des torts envers vous, je vous prie en son nom de les lui pardonner ; je suis prêt à vous offrir telle réparation que vous exigerez, dit Ians.

— Taisez-vous, jeune homme, ne rappelez pas les souvenirs du passé ! interrompit Siegbrit. Taisez-vous ! Ou plutôt, quand vous prierez Dieu, demandez à votre père, qui doit être dans le paradis, car sa mort a été un martyre, demandez-lui qu'il ôte le remords du cœur de ceux qui ont causé son trépas ! La vengeance est un fruit doux à manger, ajouta-t-elle, mais qui laisse une éternelle amertume aux dents qui l'ont écrasé.

— Auriez-vous pris part à la mort de mon père ? s'écria Ians en reculant de terreur.

— Je viens de prier Dieu pour lui, dit Siegbrit d'un ton solennel ; je me porte garant de son innocence ; je serai désormais l'appui et la mère de son fils ; voilà tout ce que vous devez savoir, et tout ce dont je veux me souvenir moi-même.

— Oui, la mère Willems a raison, jeune homme. Elle a plus d'esprit et de bon sens que les plus capables et les plus riches négociants de la hanse. Ce qu'elle dit, tous les compagnons l'écoutent et le pratiquent comme parole d'Évangile. Venez donc me trouver ce soir ; je vous mettrai à l'épreuve, et si vous savez disposer habilement les fils sur le métier, si vous tissez une toile de batiste bien régulièrement, de manière à rivaliser avec les plus habiles ouvriers, votre noviciat ne sera pas long, car maître Iacobs se fera votre répondant et votre parrain.

Le lendemain, en effet, Ians, qui avait fabriqué une toile d'une finesse et d'une régularité remarquables, fut présenté aux syndics de la hanse des tisserands par le vieil ouvrier qu'il avait rencontré chez l'aubergiste.

—Or çà, lui dirent les chefs de l'association, écoutez bien ce qui va vous être dit, Ians Crumbbrugghe, vous qui vous présentez au noviciat de la hanse des tisserands.

La hanse ne doit pas se composer seulement d'ouvriers habiles, il faut encore qu'ils puissent apporter en dot, à la société qu'ils épousent, une naissance légitime, un nom pur et sans tache, un corps robuste, un courage éprouvé, un esprit patient et un caractère énergique. Vous sentez-vous capable de donner des preuves de toutes ces conditions et de toutes ces qualités ?

— Je tâcherai d'acquérir celles qui me manquent. Qui veut peut.

— C'est répondre comme il faut. La légitimité de votre naissance et la pureté de votre nom sont affirmées sous serment par dame Siegbrit, Mère de la hanse des tisserands. Voici une toile fine et belle que vous avez tissée sous les yeux de notre maître Iacobs.

Préparez-vous à subir la première épreuve aujour-d'hui ; demain viendra la seconde ; la troisième se célébrera dans quinze jours.

Le doyen des syndics, après avoir fini de parler, prit Ians par la main et le conduisit dans une vaste cour où se trouvaient réunis tous les compagnons de la hanse des tisserands, c'est-à-dire environ trois cents personnes. Il conduisit le jeune homme sur une chaise disposée au milieu d'un échafaudage de bois à jour, et alla prendre place lui-même, au milieu des autres syndics, sur des fauteuils disposés en face.

Tout à coup, il frappa des mains ; la chaise sur laquelle se trouvait assis Ians s'éleva brusquement à douze ou quinze pieds de terre, par le moyen de cordes et de poulies que mirent en mouvement six hommes. Au même instant, on alluma à terre, sous le néophyte, un amas de goudron, de plumes, de cornes de bœuf et de pieds de cheval. Une fumée pestilentielle enveloppa tout de ses nuages étouffants, et on se mit à descendre et à monter la chaise, sur laquelle le néophyte devait se tenir cramponné avec force, sous peine de choir dans le feu. Tantôt on le faisait tourner sur lui-même; d'autres fois on plongeait ses pieds dans le brasier.

Tandis qu'il subissait ce supplice véritable, les compagnons de la hanse chantaient les couplets sui-vants, qu'a retracés et publiés le poëte danois Holberg :

> Le travail est le bonheur,
> . L'union fait la force.

3.

La douleur à deux devient légère,
La prospérité à deux est plus douce ;
Les oiseaux vont par bandes dans le ciel ;
Les poissons se réunissent pour traverser les mers.

> Le travail est le bonheur,
> L'union fait la force.

Si tu veux être bon compagnon,
Si tu veux que la hanse soit fière de toi,
Sois le plus habile ouvrier,
Le camarade le plus loyal et le plus fidèle.

> Le travail est le bonheur,
> L'union fait la force.

Il faut rire au nez de la fatigue,
Souffleter et chasser la paresse,
Écraser sous le talon les mauvaises pensées,
Élever son âme à Dieu et vider gaiement son verre.

> Le travail est le bonheur,
> L'union fait la force.

Le commerce est comme la voûte du ciel,
Il couvre et il féconde la terre.
Partout où il laisse tomber sa rosée,
La fécondité naît comme un bel arbre,

> Le travail est le bonheur,
> L'union fait la force.

Marchons donc la tête levée,
Compagnons, braves compagnons de la hanse ;
Car aucune association n'a la force de la hanse,
Nulle part on ne trouve des bras aussi habiles.

> Le travail est le bonheur,
> L'union fait la force.

Nulle part on ne trouve des cœurs
Aussi purs, aussi braves, aussi loyaux.
Qui fait partie de la hanse
Peut marcher la tête levée,
Même en présence des rois ;
Il ne doit s'humilier que devant Dieu.

      Le travail est le bonheur,
      L'union fait la force.

Quand on vit Ians près de suffoquer, on le descendit à terre, et on lui versa sur la tête douze grands pots d'eau, puisés à douze tonnes différentes. Après quoi, on le félicita sur le courage avec lequel il avait supporté les épreuves, et on lui permit de rentrer chez lui et d'y prendre du repos.

Le lendemain, au point du jour, les syndics vinrent le chercher au logis de Siegbrit. Ils le firent monter silencieusement dans une barque, et le conduisirent en pleine mer. Là, tout à coup on le poussa dans l'eau, et on le laissa s'y débattre, sans lui porter de secours. Quand il voulut regagner la chaloupe, les syndics déployèrent de larges fouets, et lui en assénèrent des coups, de manière à lui couvrir de larges coutures tous les membres. Après cette flagellation, ils consentirent à le recevoir à bord et à le ramener sur le rivage.

On s'attendait à voir Ians, suivant l'habitude des néophytes, se retirer chez lui et se mettre au lit. Loin de là, il déclara l'intention de travailler, comme s'il n'eût supporté ni fatigue ni douleur. Cette résolution énergique lui valut les éloges des syndics, et servit sans doute à rendre moins cruelle pour lui la troisième et dernière épreuve, la plus difficile à supporter.

Elle consistait à passer par les verges, et à recevoir, les yeux bandés, un coup de baguette asséné tour à tour par chacun des compagnons de la hanse. Siegbrit voulut elle-même donner la main à Ians durant ce supplice véritable; grâce au crédit dont elle jouissait, on ne frappa qu'avec ménagement son protégé. Un seul des compagnons, cependant, montra contre le novice une violence et un acharnement qui excitèrent jes murmures. Non-seulement il frappa Ians à tour de bras, mais il dirigea son bâton sur sa poitrine. Le patient tomba sans connaissance aux pieds de son bourreau.

— Christian, s'écria la vieille Siegbrit, tu m'as désobéi; la vengeance ne tardera point à venir! tu le sais, la mère Willems ne pardonne jamais.

— Au diable votre protégé! au diable vous-même, mère Willems! Depuis que ce jeune blanc-bec est arrivé à Berghen, vous n'avez de soins et d'attentions que pour lui.

— Embrassez ce jeune homme, et demandez-lui pardon,.dirent tous les témoins de la scène. L'hanséate qui hait mérite la haine. Embrassez-le ou la hanse vous chassera de son sein.

— Eh bien! au diable la hanse avec le reste!

On se jeta sur l'imprudent, et Dieu sait quels traitements il eût éprouvés, quoiqu'il tirât son poignard et qu'il se montrât disposé à faire bonne résistance.

Mais Ians, revenu tout à fait à lui, se jeta entre les compagnons et celui qui l'avait si indignement traité.

— J'ai le droit, comme nouvel hanséate, de vous requérir une grâce, s'écria-t-il. Pardonnez à Christian. Je le demande comme mon droit.

Tous les assaillants quittèrent à l'instant le coupable que le péril n'avait fait ni pâlir ni trembler. Il reçut le témoignage de générosité de Ians avec une sorte de dédain, et sortit de l'assemblée à pas lents, sans adresser un mot de bienveillance à son libérateur.

On apprendra, dans la seconde partie de cette histoire, quels motifs de haine Christian nourrissait contre Ians.

CHAPITRE IV.

CHRISTIAN.

Le compagnon Christian, qui, lors de la réception de Ians Crumbbrugghe, avait montré tant de haine contre ce dernier, habitait Berghen depuis quatre mois environ. Un des plus riches négociants danois de la hanse l'avait présenté aux *Serments* des diverses corporations d'ouvriers, pour le faire recevoir compagnon dans chacune d'elles ; les personnes riches et destinées à exercer en grand le commerce en agissaient toujours ainsi.

On s'attendait donc à voir Christian franchir avec

rapidité le rôle de compagnon, et postuler le grade
de maître. A la surprise générale, une fois admis
dans la corporation des tisserands, il s'y établit
comme s'il n'eût point voulu aller au delà. Un chan-
gement remarquable s'opéra dans ses manières. En
arrivant à Berghen, malgré le costume et les allures
d'artisan qu'il affectait, il avait prodigué l'or à pleines
mains, de façon à se rendre faciles, et pour ainsi dire
purement de forme, les épreuves du noviciat. Non-
seulement on ne l'avait point obligé à fabriquer sous
les yeux des syndics sa toile de réception ; mais, au
lieu de l'enfumer, de le jeter à la mer, de le battre
de verges, on s'était contenté de l'asseoir sur la chaise
volante, de lui tremper les pieds dans l'eau, et de
poser les baguettes sur ses épaules sans lui causer la
moindre douleur. On pensait généralement qu'il allait s'associer avec le négociant danois qui lui avait
servi de parrain ; mais il prit le tablier, ouvrit un
atelier de tisserand, et alla, comme les autres ouvriers, prendre ses repas chez la Mère de la corporation, dame Siegbrit Willems.

Une telle conduite excitait au plus haut point la
curiosité de ces braves gens.

— D'où vient-il et que fait-il parmi nous ? se
demandait-on.

— Il faut l'obliger à rendre compte de sa conduite, comme les règlements de la hanse le veulent,
disait l'un.

— Il faut le mettre en jugement devant le Maître
et les syndics hanséates, ajoutait un autre.

— En jugement !

— En jugement Christian ! criait-on de toutes parts.

Un jour, ces cris devinrent tellement énergiques et unanimes, que le Maître de la corporation, le vieux Iacobs, éleva en l'air la grande canne blanche, symbole de son grade.

A ce signe chacun se découvrit et se tut.

— Y a-t-il parmi vous quelqu'un qui demande la mise en accusation du compagnon Christian ?

— Tous ! tous ! Nous la demandons tous.

— Douze compagnons demandent-ils la mise en jugement du compagnon Christian, et affirment-ils qu'en leur conscience et sur leur part de paradis, ils la croient juste, équitable et utile mesure ?

Douze compagnons des plus âgés sortirent des rangs, s'agenouillèrent, et la main sur la poitrine prononcèrent solennellement la formule suivante :

— Sur notre foi et sur notre part de paradis, nous estimons qu'il y a lieu, pour l'honneur de la corporation hanséate des tisserands, de mettre en jugement le compagnon Christian.

Le Maître planta en terre son bâton blanc, et dit d'une voix grave et lente :

— Le compagnon Christian est mis en jugement. Qu'il comparaisse demain à pareille heure !

Quand le Maître eut prononcé cet arrêt, un chariot orné de feuillage, et tiré par quatre bœufs, s'avança devant la cour de la corporation des tisserands. Le Maître, suivi de deux syndics, de deux compagnons

et de deux apprentis, vint prendre Ians Crumbbrugghe par la main et le conduisit au chariot, sur
lequel ils se placèrent debout; alors des fanfares
éclatèrent de tous côtés. Des hourras se firent entendre; les tisserands s'organisèrent en cortége, et le
char se mit en mouvement au milieu des cris de :

— Vivat Ians Crumbbrugghe !

Après avoir parcouru, suivant la coutume, les
différents quartiers de la ville, la procession se rendit
à l'auberge de Siegbrit, où se trouvait servi, sous un
immense hangar destiné à cet usage, le banquet de
réception. Au moment où les compagnons prenaient
place, on vit avec autant de surprise que d'indignation Christian entrer et se mettre à table. Son air était
hautain et plein de provocation. Comme le dernier
compagnon reçu, il devait se mettre à table près
du récipiendaire. Il le fit avec une telle insolence que
des cris unanimes s'élevèrent pour lui ordonner de
sortir.

— Depuis quand les compagnons de la hanse des
tisserands méconnaissent-ils le privilége qu'ils oc-
troient? dit-il sans se déconcerter, sans témoigner la
moindre émotion. Pour vous, un accusé est-il un
condamné? Vous m'avez appelé en jugement, soit !
mais jusqu'à ce que vous ayez rendu la sentence, je
suis un innocent. Holà ! eh ! ma belle Duyvecke, ma
charmante colombe au bec rose, versez-moi à boire,
et vive la joie !

Il tendit son gobelet à la jolie fille, qui obéit en
rougissant; elle remplit jusqu'aux bords la large

coupe d'étain, et il la vida d'un seul trait.

— Vive la hanse des tisserands, dit-il, et vivent les accusations qu'elle porte!... Cela fait boire sec de pérorer ainsi!

Une telle conduite n'était point de nature à calmer les esprits et à faire disparaitre le mécontentement ; un murmure sourd et sinistre parcourut la table, et plus d'un regard étincelant de colère se leva sur l'imprudent qui bravait la corporation.

Christian feignit de ne rien remarquer et de ne rien entendre. Pendant tout le repas, il ne cessa ni de manger ni de plaisanter, ni contre son habitude, de boire, et beaucoup. Il en résulta que, vers la fin du banquet, le visage du jeune homme s'était empourpré, qu'il parlait très-haut, et que tout annonçait en lui une grande exaltation. Quand le Maître frappa trois coups de son couteau sur la table et se leva, imité par chacun des convives, seul Christian resta nonchalamment étendu sur sa chaise ; il fallut l'ordre exprès du Maître pour qu'il se tint debout.

— Compagnons, dit le vieillard qui présidait la fête, nous allons boire à la santé de notre nouveau frère Ians Crumbbrugghe ; il a subi les épreuves de notre hanse et prouvé qu'il était honnête homme, habile tisserand et garçon de cœur. A la santé de notre frère Ians Crumbbrugghe !

Au milieu des acclamations générales et des toasts portés à Ians, on entendit un bruit sourd ; c'était un gobelet qui allait frapper la muraille et qui la couvrait d'une large tache rouge.

— Je ne bois qu'à la santé de mes amis, cria Christian, qui ajoutait cette nouvelle insulte à celle dont il s'était déjà rendu coupable.

Ians, indigné d'un acharnement que rien de sa part n'avait provoqué, saisit dans ses bras Christian, et, par un mouvement qui décelait une force peu ordinaire, le jeta sur la table au milieu de la vaisselle, des verres et des hanaps. Des applaudissements, des éclats de rire, des sarcasmes contre Christian accueillirent la chute bouffonne de ce dernier.

Il se releva le visage couvert de vin et ses vêtements souillés. Les plus hardis se sentirent émus à voir l'impression de rage qui décomposait sa figure. Il porta autour de lui des regards menaçants; puis d'un seul bond, comme un tigre, il se rua sur Ians; mais Ians l'attendait avec courage, lui saisit le bras, et arracha des mains de Christian le poignard dont celui-ci avait voulu le frapper.

— Merci, camarade, dit-il avec sang-froid, je n'avais pas de cure-dent, voici que tu m'en procures un.

Sans lâcher de son poignet de fer le bras qu'il étreignait, il allait se porter à quelque violence contre le Danois, quand tout à coup il vit Duyvecke pâlir et près de tomber évanouie. Aussitôt il lâcha Christian, et lui dit:

— Camarade, le vin nous a trop échauffé la tête, et nos jeux deviennent de mauvais goût. Les jeunes filles s'en épouvantent; nos compagnons les trouvent ridicules; on pourrait finir par les prendre au sérieux et croire que nous ne plaisantons pas.

Christian, sans répondre, sans paraître comprendre la conduite généreuse de Ians, sortit de l'assemblée si justement exaspérée contre lui.

Aussi, le lendemain matin, chacun des compagnons se rendit-il de bonne heure dans la hanse des tisserands, où devait être jugé Christian.

Le Maître et les syndics avaient déjà pris place au milieu du cercle des tisserands, et l'heure indiquée pour l'audience était écoulée depuis longtemps, que Christian n'avait point encore paru. Le Maître ordonna que l'on fît les trois appels d'usage.

— Si l'accusé, dit-il, ne se montre pas après la troisième sommation, son nom sera effacé de nos registres, personne de nous n'achètera, ne vendra ni ne fabriquera avec lui; il restera interdit de l'eau et du feu dans toutes les villes hanséatiques, et il devra en sortir aussitôt, sous peine de la fustigation.

— Christian! comparaissez devant la hanse, cria le premier des syndics.

On ne répondit point.

— Christian! comparaissez devant la hanse, appela le second syndic.

Personne ne vint; le troisième syndic se leva à son tour.

— Christian, comparaissez devant la hanse, fit-il.

Même silence. Le Maître se levait déjà pour prononcer l'interdiction, lorsque l'on vit arriver Christian.

— Que me veut-on? dit-il en souriant avec insolence; de quoi m'accuse-t-on?

— On vous accuse, répliqua le Maître d'une voix grave, on vous accuse de dépenser plus que vous ne gagnez, et de mener une conduite qui peut jeter de la défaveur sur la hanse des tisserands à laquelle vous appartenez.

— N'est-ce que cela, mes maîtres ? il fallait parler plus tôt ; vous auriez évité l'ennui de vous réunir et de perdre une matinée de travail pour si peu de chose. Je vends au prix qu'il me plaît, et si je paye généreusement mes apprentis, je ne pensais pas qu'on dût m'en blâmer. Seulement, je ne fais pas le commerce de tisserand en lésineur, mais en homme qui connaît toute l'importance du noble métier de tisseur de toiles. Je ne gagne rien, mais je ne perds pas, voilà tout ; mes livres de commerce le prouveront au besoin. Je vends au prix coûtant. Il reste à expliquer comment je suffis à mes dépenses : regardez cette lettre de créance, signée par mon souverain Sa Majesté Christiern II, roi de Danemark. Elle m'octroie une pension de mille pièces d'or par année, tant qu'il me plaira de demeurer en la ville de Berghen pour m'y perfectionner dans ma profession de tisserand. Êtes-vous satisfaits, mes maîtres ? Regardez donc, une autre fois, à deux reprises avant de soupçonner un honnête compagnon et de lui faire perdre son temps à de pareilles bagatelles.

Le Maître se pencha vers les syndics ; après un moment de délibération :

— Compagnon Christian, la hanse accepte votre justification, la déclare bonne et valable, et met à

néant l'accusation qui pesait sur vous. Cependant il
vous reste encore à recevoir une réprimande et à répondre à des reproches de notre part. Pourquoi vous
montrez-vous mauvais frère et compagnon déloyal à
l'égard de notre nouveau camarade Ians Crumbbrugghe? quels motifs de haine et d'animosité nour-
rissez-vous contre lui?

Au nom de Ians, la figure de Christian devint livide
et prit une expression forcenée de haine.

— Ceci est mon secret; vous me permettrez de le
garder, répliqua-t-il avec ironie. Je ne sache pas qu'un
compagnon hanséate doive confesser en public et à
quiconque les lui demande les motifs de ses affections
et de ses haines.

— Non, mais la hanse ne veut point qu'un compagnon ait de la haine contre un autre compagnon.
Notre première loi est la confraternité entre tous. Ne
nous devons-nous point protection, aide et dévoue-
ment l'un à l'autre? Comment viendriez-vous au secours de Ians, s'il avait besoin de vous, puisque son
nom seul vous fait pâlir et serrer les poings avec colère? Abjurez donc ces sentiments indignes d'un
chrétien et d'un hanséate; embrassez Ians, et devenez
pour lui un ami loyal et franc.

— Jamais!

Ians s'avança au milieu de l'assemblée :

— Peut-être Christian ne me refusera-t-il pas de
me dire à moi, en secret, le motif de cette haine; car,
j'en fais serment par la mémoire de mon père,
j'ignore en quoi j'ai pu l'offenser.

— Avance, tu l'apprendras, répondit Christian.

Il se pencha vers Ians, et lui dit quelques mots à l'oreille. Ians, en l'écoutant, devint pâle comme un trépassé ; sans répondre, les yeux pleins de larmes, il sortit, semblant avoir reçu le coup de la mort.

— Eh bien, mes maîtres, s'écria gaiement Christian, voici votre protégé, celui que vous me préfériez si hautement, qui s'enfuit désespéré, et qui porte maintenant pour moi, dans son cœur, une haine égale à celle que je lui ai vouée ! Est-ce tout ? avez-vous encore quelque nouvelle épreuve à me faire subir ?

Le Maître se pencha vers les syndics et délibéra quelque temps avec eux à voix basse.

— Christian de Copenhague, écoutez, dit le vieillard, voici ce que moi, Maître de la hanse des tisserands, j'ai décidé, après avoir pris l'avis et reçu l'assentiment des syndics :

La hanse ne doit compter parmi ses membres que des amis et des frères. Vous troublez l'amitié et l'harmonie qui règnent entre nous, vous refusez d'abjurer vos haines ; la hanse vous a déclaré et vous déclare banni de son sein.

Christian éclata de rire.

— Vous avez raison, mes maîtres, il est temps d'apporter un terme à la ridicule farce que je joue ici depuis huit mois. J'avais pris au sérieux vos momeries de hanse ; tout cela est trop absurde pour qu'un homme de bon sens y attache désormais quelque importance. Au diable le compagnonnage et les compagnons ! Vous n'avez fait que me prévenir.

— La hanse vous ordonne de quitter aujourd'hui
même la ville de Berghen, et vous enjoint de n'habiter aucune des villes hanséatiques.

— Oui-da, mes compères. Je partirai si je le veux
bien !... Mais rassurez-vous, je le veux. Seulement,
rappelez-vous mes paroles : avant peu de jours vous
vous repentirez amèrement de ce que vous venez de
faire. Oui, oui, effacez de vos registres mon nom, ar-
rachez le feuillet qui mentionne mon admission parmi
vous, vous verserez des larmes de désespoir pour
n'avoir point respecté ce feuillet. Écoutez bien : je
me vengerai avant un mois de vous, comme je vais
me venger tout à l'heure de ce Ians Crumbbrugghe
qui me vaut vos niais affronts. Adieu, et que le diable
vous bénisse !

Il arracha les cordons bleus de son tablier de tisserand, symbole du compagnonnage hanséatique, et les
jeta dans la boue. Plusieurs ouvriers voulurent se
jeter sur lui pour le punir de cet outrage ; mais le
Maître les arrêta en s'écriant :

— Le règlement hanséatique ordonne d'accorder
au compagnon banni de la corporation douze heures
libres, durant lesquelles nul ne touchera ni à son
corps, ni à sa maison : laissez aller en paix le banni !

Après avoir entendu les paroles que Christian lui
avait dites à l'oreille, Ians Crumbbrugghe, vous le
savez, était sorti précipitamment de la hanse ; ce fut
vers la maison de la Mère qu'il se dirigea. Siegbrit,
assise sur le banc de pierre qui se trouvait dans la
rue, à côté de la porte, était plongée en des médita-

tions si profondes, qu'elle n'entendit et ne vit point arriver près d'elle le jeune homme.

— Mère ! lui cria-t-il , Mère !

Elle se leva précipitamment, comme prête à s'enfuir, puis elle retomba sur le banc, passa ses mains desséchées sur son visage, et dit à Ians :

— J'ai cru voir ton père, jeune homme, ton père à qui je pensais, hélas ! Mais d'où viennent, sainte Vierge ! la pâleur de ton visage et les larmes qui baignent tes joues ? Quel malheur t'a frappé, mon fils ?

— Sieghrit, vous rappelez-vous les paroles que vous m'avez dites, les promesses que vous m'avez faites, il y a six mois, ici, à la même place où nous nous trouvons ? Vous ne l'avez point oublié, n'est-ce pas ? Je regardais Duyvecke, et vous m'avez appelé à vos côtés.

Ians, m'avez-vous demandé tous bas, ne penses-tu point que Duyvecke apportera tant de bonheur à son mari, qu'il ne saurait rester ni haine, ni vengeance dans le cœur de son mari ?

Pour obtenir l'amour de Duyvecke, vous ai-je répondu, je pardonnerais aux assassins de mon père.

Alors vous avez pris ma main, et vous m'avez dit :

Ians Crumbbrugghe, Dieu entende ta promesse, et deviens le fiancé de Duyvecke.

Merci, Mère, ai-je ajouté ; merci, et que Dieu vous bénisse en ce monde et dans l'autre !

Puis tout à coup une pensée de désespoir a traversé mon bonheur.

Duyvecke ne m'aime point, ai-je ajouté ; le cœur de Duyvecke est peut-être à un autre.

Le cœur de Duyvecke n'est à personne; quand je dirai à cette douce et timide colombe : Aime celui que ta grand'mère te donne pour fiancé, Duyvecke l'aimera.

Je vous ai interrompue.

Eh bien! ne lui donnez pas cet ordre, Mère, mais permettez-moi de chercher à obtenir la tendresse de Duyvecke.

— Ians, tous ces détails sont exacts ; où veux-tu en venir ?

— Où je veux en venir, Siegbrit? Vous le demandez avec ce calme et cette sérénité, vous qui m'avez cruellement trompé! Duyvecke en aime un autre.

— Cela n'est pas possible! je lis dans les pensées de ma fille, comme Dieu dans le cœur de tous les hommes; ce que tu dis est un mensonge.

— Démentez donc celui qui, tout à l'heure, m'a dit : « Je suis aimé de Duyvecke », démentez donc Christian.

— Si Duyvecke m'avait désobéi! s'écria Siegbrit. Si jamais... mais non, cela n'est pas possible.

En ce moment, Duyvecke parut sur le seuil de l'auberge.

— Ce que vous dit le compagnon Ians est vrai, ma mère; j'ai échangé un anneau de fiançailles avec Christian, il est mon promis.

— Malheureuse, tu m'as désobéi!

— Je ne vous ai point désobéi, mère, car si vous m'aviez parlé de vos projets et de l'amour de Ians, je vous aurais répondu : Mon cœur est à un autre.

4

— Jamais tu ne seras la femme de Christian.

— Je n'ai jamais désobéi à ma grand'mère, mais je ne saurais non plus manquer à ma promesse. Si vous refusez de me donner pour femme à Christian, je resterai sa fiancée jusqu'au jour de ma mort ; nous ne nous épouserons que dans le ciel.

— Comme sa mère! Elle veut me désobéir comme sa mère. Eh bien! malheur sur elle comme sur Marguerite! Oh! mon Dieu, que votre justice est sévère! J'ai perdu mon âme pour cette enfant, et voici qu'elle me désobéit.

— Mère Siegbrit, interrompit Crumbbrugghe, je vous avais pardonné, pour l'amour de Duyvecke, la part que vous aviez prise à la ruine de mon père : je vous répète encore ce pardon, fussiez-vous celle qui a ouvert l'abîme fatal dans lequel il a péri. Je suis chrétien, et je dois pardonner les offenses, pour que Dieu me pardonne un jour. Je le sens, je ne tarderai pas à paraître devant lui ; j'ai besoin d'oublier les ressentiments terrestres afin de trouver une place à côté de mon père dans le paradis. Quant à Duyvecke, mon cœur n'a point pour elle un sentiment d'amertume. Qu'elle soit heureuse, qu'elle devienne la femme de Christian ; je ne lui demande qu'une seule grâce, c'est de porter à son doigt, en souvenir du pauvre Ians, et de ne jamais quitter cet anneau d'or que m'a donné ma mère! Et maintenant, adieu pour toujours! Je vais partir à l'instant même pour les Pays-Bas, où m'attend ma mère.

Duyvecke, émue, lui tendit la main. Ians la portait

à ses lèvres, quand soudain il tomba sanglant aux pieds de la pauvre fille. Un coup de poignard de Christian avait percé le bras du compagnon flamand.

Siegbrit, plus prompte que l'éclair, avait renversé à son tour, Christian.

— Mort à l'assassin ! s'écria-t-elle en ramassant le poignard resté dans la blessure d'Ians.

Ians se releva, saisit la main de la Mère, et l'empêcha de frapper Christian.

— Assez de sang comme cela, dit-il. Je n'ai reçu qu'une égratignure. Relevez-vous, Christian, et demandez pardon à Duyvecke, que vous avez insultée. Duyvecke vous aime ; pour vous, elle a bravé la colère de son aïeule ; si je lui baise la main, c'est que je vais me séparer d'elle à jamais. Je pars pour les Pays-Bas.

— Il n'est point nécessaire que tu quittes Berghen pour que nous nous séparions, Ians. C'est moi qui vais partir avec ma fiancée et Siegbrit.

— Je ne veux pas suivre un aventurier, et quitter pour lui la fortune que je me suis conquise ici par mon travail.

— Si vous appelez fortune la possession de cette misérable bicoque et le privilége de vendre à boire et à manger à tous ces grossiers tisserands, vous n'êtes point difficile à contenter, Siegbrit ! Ecoutez-moi, car le temps presse ; la corporation des tisserands vient de me mettre au ban de la hanse, et ces brutaux sont capables de se livrer sur moi à des excès dont tout leur sang ferait plus tard justice. Épargnez-leur ce malheur, et suivez-moi. Un petit bâtiment que j'ai donné ordre, depuis huit jours, de tenir prêt à mettre à la voile, nous attend. Venez, accompagnez-moi ; dans peu de jours, au lieu d'une auberge, vous habiterez un palais, et Duyvecke en sera la reine. Quant à toi, jeune homme, prends cette auberge, je te la donne; voici qui te consolera de ta blessure.

Il jeta une bourse pleine d'or aux pieds de Ians, qui la repoussa.

— Tu fais le fier? tant pis pour toi. Allons, Duyvecke ; allons, Siegbrit, il faut partir.

— Je ne vous suivrai point! Je ne livrerai pas Duyvecke à la merci d'un homme qui n'est peut-être qu'un brigand.

— Ah ! c'est ainsi que vous faites l'enfant. Je vais vous mettre à la raison.

Il prit un sifflet d'or à sa ceinture, et en tira trois sons aigus qui retentirent au loin. Aussitôt une chaloupe se détacha d'un petit bâtiment à l'ancre dans le port. L'embarcation aborda le rivage; six hommes en descendirent; malgré les efforts de Ians, malgré la résistance de Siegbrit, ils s'emparèrent de force de la vieille femme qu'ils emmenèrent dans le canot, tandis que Christian emportait Duyvecke dans ses bras.

Ians vit bientôt la chaloupe rejoindre le bâtiment, qui mit à la voile et disparut à l'horizon.

CHAPITRE V.

A COPENHAGUE.

Ians était encore là sur le rivage, debout et cons-
terné, quand les compagnons tisserands arrivèrent,
suivant l'habitude, pour faire leur repas de midi. Le
Gantois leur raconta la scène dont il venait d'être à
la fois le témoin et l'un des acteurs. En apprenant
l'enlèvement de Siegbrit et de Duyvecke, les tisserands, indignés, résolurent d'aller demander sur-le-
champ justice au grand maître de la hanse, et ils se
rendirent en corps chez lui. Là, le vieux Iacobs,
comme chef du *Serment*, porta plainte contre Christian, et réclama la justice de la hanse si honteuse-
ment outragée.

Le Maître de la hanse, riche négociant dont la
puissance égalait presque celle d'un souverain, et
qui se montrait d'ordinaire rigoureux mainteneur
des droits et des priviléges qui faisaient sa puissance, parut plus soucieux qu'indigné en apprenant
ce qui venait de se passer. Il interrogea Ians, chercha à diminuer la gravité des faits, et finit par
conclure que tout cela était la faute de Siegbrit et de
Duyvecke.

Ians Crumbbrügghe se leva :

4.

— Eh bien ! s'écria-t-il, puisque chacun aban-
donne Duyvecke et Siegbrit ; puisque les tisserands,
sur une parole de leur Maître, perdent l'ardeur qu'ils
montraient pour le maintien de leurs droits, et qu'ils
paraissent disposés à souffrir paisiblement le souf-
flet donné sur leur joue ; puisqu'ils trouvent bon
enfin qu'on enlève leurs femmes et leurs filles, je ne
suis qu'un pauvre ouvrier, mais je jure par l'évan-
géliste mon patron, par le nom de mon père et par
le salut de mon âme, de ne prendre ni trêve ni repos
avant d'avoir tiré satisfaction de l'outrage fait à celles
que nous devons protéger. Que Dieu, la Vierge et les
saints me soient en aide !

Un violent tumulte s'éleva dans l'assemblée, et le
couvre-feu put seul mettre fin au désordre de la dis-
cussion.

Le lendemain matin, on proclama, à son de
trompe, dans tous les carrefours de Berghen, un
édit du roi de Danemark, qui frappait d'un droit
considérable l'entrée, dans son royaume, de toutes
les toiles de fil, quelles que fussent leur qualité et
leur nature.

Cet édit ruinait le commerce des tisserands. On
peut se figurer l'agitation qu'il produisit parmi la
corporation dont maître Iacobs était le Maître.

Après bien des réunions et des discussions, la ma-
jorité décida qu'on suivrait l'avis de maître Iacobs,
et qu'une députation serait envoyée au roi de Danemark.

On tira au sort le nom des membres qui compose-

raient cette députation. Le premier billet désigna
Ians Crumbbrugghe.

Le Maître le prit à part.

— Si tu étais sage et prudent, lui dit-il tout bas,
tu renoncerais à une mission qui peut être dange-
reuse pour toi et fatale à notre corporation. Prends-y
garde, Ians ! crois-en la vieille expérience et l'amitié
de ton supérieur.

— J'ai fait serment de me dévouer au salut de
Siegbrit et de Duyvecke, répliqua Ians ; si, comme je
le soupçonne, ces deux femmes se trouvent en Danemark, c'est un motif de plus pour que je désire,
pour que je persiste à m'y rendre. Il y a trop de
mystères dans tout ceci ; je veux les éclaircir. Malheur à Christian, s'il n'a pas tenu ses serments envers Duyvecke ; ma vengeance l'atteindra, fût-il assis
sur les marches du trône de Danemark !

— Je t'ai prévenu ; tu veux courir à ta perte ; que
Dieu te protége ! Tu as besoin de son aide pour sortir
sain et sauf de ta folle entreprise.

Le lendemain matin, la députation de la hanse des
tisserands, composée de huit membres, se mit en
route pour Copenhague.

En arrivant, après un long et pénible voyage, dans
la capitale du Danemark, le premier soin des députés
fut d'aller demander l'hospitalité aux membres de
la hanse des tisserands qui habitaient Copenhague.
Chacun d'eux fut reçu et hébergé chez un de ces
confrères ; Ians Crumbbrugghe échut en partage à un
riche marchand de toiles.

Le premier soin du jeune homme fut de questionner son hôte sur le tisserand Christian ; personne ne le connaissait, et aucun ouvrier qui maniait la navette ne portait ce nom. Ians pensa être plus heureux dans les faubourgs et dans les villages voisins de la ville. Sans s'inquiéter de la démarche que devaient tenter le lendemain les députés près du roi, il fit serment de ne point abandonner les recherches qu'il allait commencer, avant d'avoir découvert Duyvecke.

Le lendemain matin, au point du jour, Ians recommença ses recherches inutiles. Debout au bord de la mer, et le cœur douloureusement serré, il déplorait le malheur de Duyvecke, et se livrait aux appréhensions les plus vives sur le sort de la pauvre fille, lorsque tout à coup une barque passa rapidement devant lui, et disparut avec la promptitude d'une flèche, grâce aux quatre rameurs qui la menaient. Ians jeta un cri de joie, car il avait reconnu Siegbrit et Duyvecke dans l'embarcation.

Il suivit du regard le canot, et le vit se diriger vers la petite île d'Amak (1), qui se trouve en face de la ville. Aussitôt il se jeta dans une barque de pêcheur, amarrée sur le rivage, et se fit conduire dans l'île.

A peine débarqué, il chercha la demeure des deux femmes. A sa grande surprise, l'île, de peu d'étendue d'ailleurs, n'avait qu'une seule maison entourée de

(1) Aujourd'hui l'île d'Amak est réunie à la ville par un pont.

magnifiques jardins ; cette demeure était presque un palais. Interdit et déconcerté, Ians restait sur le seuil sans oser entrer ; car il ne pouvait croire que Duyvecke habitât un pareil séjour, et il craignait de commettre quelque méprise. Mais bientôt il n'hésita plus, car il entendit la voix de Duyvecke; elle chantait un de ces airs naïfs et doux que le tisserand avait entendus si souvent et avec tant de bonheur à Berghem. Aussitôt il agita le marteau de cuivre de la porte. Un domestique vint ouvrir. Sans répondre aux questions de cet homme, il le repoussa, s'élança dans l'intérieur de la maison, et se trouva devant Duyvecke et Siegbrit, assises près d'une fenêtre, et qui se livraient paisiblement à des travaux de broderie.

Elles parurent plus surprises que charmées de l'arrivée imprévue du jeune homme, et lui firent un accueil assez froid.

— Ians Crumbbrugghe, dit Siegbrit, avant de s'introduire chez une jeune femme, il faut du moins s'enquérir si pareille démarche ne saurait déplaire son mari.

Quant à Duyvecke, elle se leva pour sortir.

— Restez, s'écria Ians. Restez, madame ! Vous êtes heureuse ; vous n'avez pas besoin de l'aide que je venais vous offrir, même au péril de ma vie, s'il l'eût fallu... C'est à moi de quitter la place.

— Christian a épousé Duyvecke le jour même de notre arrivée en Danemark. Il se conduit avec elle comme un mari bon, loyal, et éperdûment amoureux.

Il prodigue son immense fortune à satisfaire nos
moindres caprices. Merci, Ians, de vos intentions dé-
vouées; vous le voyez, elles sont inutiles, comme
vous venez de le dire. La fille de ma pauvre Marguerite a maintenant sur la terre un protecteur.

Ians, sans répondre, sortit de la maison de Duyvecke, se jeta dans la barque qui l'avait amené, et
regagna Copenhague, où il trouva ses compagnons
prêts à se rendre à l'audience du roi de Danemark. Il
les suivit machinalement, la mort dans le cœur, et
presque sans savoir ce qu'il faisait. Le bonheur de
Duyvecke causait plus de tristesse encore au Gantois que ne lui en donnait auparavant le malheur
dont il la croyait victime.

Tout à coup ils se trouvèrent en présence du roi,
assis sur son trône, revêtu d'un costume éblouissant,
et entouré des grands de sa cour.

Les hanséates n'eurent pas besoin, pour se pros-
terner, de se rappeler les leçons de l'huissier.

— Que veulent les gens de la hanse de Berghen à
Sa Majesté Christiern, roi de Danemark et de
Norwége? demanda une voix.

Maitre Iacobs, comme le doyen de la députation,
chercha à s'armer de toute sa présence d'esprit, leva
la tête pour répondre à cette question et exposer la
requête dont il était chargé. A peine eut-il porté ses
regards vers le monarque, qu'il ne put retenir un cri
de surprise, étouffé aussitôt par le respect.

Ses compagnons, qui l'avaient imité, ne témoignè-
rent pas moins d'étonnement; et Ians pensa défaillir.

Dans le roi, dans ce prince tout-puissant, assis sur son trône, et duquel dépendait en ce moment le sort de la hanse des tisserands, ils avaient reconnu le compagnon Christian.

—Êtes-vous muet, mon maître? demanda le roi d'un ton sévère.

Jacobs, un peu remis de son émotion, exposa, dans les termes les plus humbles et les plus suppliants, la requête de la hanse des tisserands et leur prière de lever l'impôt dont l'entrée des toiles venait d'être frappée en Danemark.

— Tisserands de la hanse, répliqua Christiern d'un ton sévère, j'ai moi-même été dans la ville de Berghen étudier vos mœurs et m'initier à vos coutumes. Je connais les ressources de vos métiers : j'ai entendu vos discours et plus d'une fois il m'est arrivé aux oreilles des propos railleurs contre le roi de Danemark lui-même, et sur la bonhomie avec laquelle il favorisait, à son détriment, les intérêts de la hanse. J'ai voulu cesser d'être dupe, j'ai imposé les toiles de vos fabriques, comme il était utile et juste de le faire. Reportez mes paroles à ceux qui vous envoient! Heureux encore que je vous laisse la liberté et la vie sauves. Savez-vous, mes maîtres, qu'il y a un espion parmi vous? Que, sous prétexte de servir votre cause, un traître est venu à Copenhague pour y surprendre mes secrets, et peut-être pour s'y livrer à des tentatives plus criminelles encore? Mais la vie de cet homme m'appartient; il a pénétré furtivement tout à l'heure dans une de mes habitations royales ;

il faut qu'il subisse les conséquences et le châtiment de ce crime de lèse-majesté.

— Il n'y a point de traître parmi nous, répondit hardiment Iacobs.

— Oh! oh! mon maître, vous le prenez sur un ton bien haut. Levez-vous, Ians Crumbbrugghe, et parlez sans mentir. Mes paroles sont-elles vraies?... Éloignez-vous tous, messieurs, et laissez-moi avec cet homme.

On obéit et Ians resta seul avec le roi.

— Sire, dit-il, personne n'est, parmi les députés, coupable de trahison et d'espionnage. J'avais juré aide et secours à une jeune fille que je croyais sans appui; je suis venu vers elle pour tenir mon serment; elle m'a dédaigneusement repoussé... et elle a bien fait, car elle n'a plus besoin de moi! La mission que je voulais remplir est terminée. Puisse le bonheur dont Duyvecke jouit ne pas se dissiper comme un rêve!

— Maître Ians, sans doute, pense que ma femme aurait été plus heureuse en épousant un compagnon tisserand?

— Votre femme, Sire? elle est votre femme! Dieu vous bénisse pour la parole que vous venez de dire.

— Oui, Ians, j'ai épousé secrètement Duyvecke, mais elle ignore mon rang, mon nom et ma puissance. Retirée dans l'île d'Amak, où je vais la visiter chaque jour, personne ne peut lui révéler mon secret, car personne n'aborde dans l'île sans ma permission. Si tu as trouvé une barque pour t'y con-

duire, c'est que je l'avais ordonné ainsi. Siegbrit seule
connaît tout. Que pense mon rival de ce qu'il vient
d'entendre ?

— Sire, répliqua Ians en tombant à genoux,
n'ajoutez pas à ma confusion ; mon amour a fui bien
loin de mon cœur depuis que j'ai reconnu dans Votre
Majesté...

— Le compagnon Christian, n'est-ce pas ? parle
sans crainte. Écoute maintenant : tu t'es montré dévoué pour Duyvecke ; tu m'as tiré à Berghen d'un péril que tu croyais sérieux ; le roi Christiern de Danemark veut payer les dettes du compagnon tisserand
Christian. Il ne faut pas que tu puisses avoir regret de
m'avoir rencontré sur ton passage. Pars aujourd'hui
même pour Bruxelles ; un navire t'attend dans le
port... Fais-moi, avant tout, le serment de ne jamais
rien révéler du secret que je t'ai permis de connaître.

— Je vous le jure par le nom de mon père, et par
mon salut en ce monde et dans l'autre.

— C'est bien.

Le roi tira un son aigu du sifflet d'or qu'il portait
à sa ceinture : aussitôt la cour rentra dans la salle et
entoura le trône.

— Mes maîtres, dit le roi aux tisserands, combien
donnerait la hanse pour racheter le droit d'entrée que
je viens d'établir sur vos toiles ?

— Quatre tonnes d'or, Sire.

— Eh bien ! je fais don de ces quatre tonnes d'or
à Ians Crumbbrugghe. C'est en ses mains que vous

verserez cette somme; je lui en fais don. Allez! le droit d'entrée sur les toiles est aboli.

Les députés de la hanse sortirent du palais dans un état de trouble et d'agitation impossible à décrire.

CHAPITRE VI.

NOCES.

A quelque temps de là, Ians arriva le soir dans la ville de Bruxelles, et se dirigea vers la petite maison habitée par sa mère. A sa grande surprise, il vit la maison fermée : tout semblait annoncer qu'elle n'était plus habitée. Il frappa néanmoins à la porte; personne ne répondit.

Plein d'inquiétude, il demanda à un voisin les motifs de cette solitude.

— Voici bientôt un mois que la veuve ne demeure plus dans cette maison; nous ignorons ce qu'elle est devenue. Un matin, on a trouvé la porte close comme vous la voyez.

Ians se rendit plein de trouble chez son ancien maître : celui-ci sauta au cou du voyageur.

— Sois le bienvenu, mon garçon, car c'est aujourd'hui fête au logis, et nous n'attendons plus que toi. Du reste, nous étions prévenus de ton arrivée.

— Ma mère? qu'est devenue ma mère?

— Tu vas la voir, sois sans inquiétude. Mais j'espère que tu ne comptes point te présenter un jour de fête, dans ma maison, avec des habits poudreux de voyageur? Entre dans ma chambre; pare-toi de tes habits de fête et dépêche-toi, car ta mère, ta sœur, ton frère et ma fille t'attendent pour t'embrasser dès que tu seras prêt.

Quelques minutes suffirent à Ians pour changer de costume; quand il revint, maître Kindt le prit par la main et le conduisit dans une grande pièce qui, suivant l'usage du temps, servait à la fois de salon et de salle à manger. Là, l'heureux jeune homme trouva sa mère, sa sœur et son frère qui lui sautèrent au cou et l'entourèrent de leurs tendres étreintes.

— Maintenant, dit maître Kindt, quand, les yeux humides de larmes, ils eurent enfin mis trêve à ces ferventes caresses, maintenant, Ians, il faut que tu saches les motifs de la fête... et que tu nous les apprennes, car tout le secret de notre réunion se trouve enfermé dans cette lettre. Il y a huit jours, elle nous a été apportée cachetée par un messager de Sa Majesté le roi d'Espagne et des Pays-Bas, notre gracieux monarque. La venaison, les hors-d'œuvre du banquet, les vins, les desserts, et jusqu'aux services en argenterie, ont été déposés ici par des inconnus qui ont refusé de dire leur nom et de révéler qui les envoyait.

Ians décacheta la lettre, et voici ce qu'elle contenait :

« Notre volonté royale est que maître Kindt, fabri-
« cant de toiles à Bruxelles, donne en mariage sa
« fille Bella à Ians Crumbbrugghe, et que la céré-
« monie nuptiale, pour laquelle se trouvent ci-jointes
« les dispenses nécessaires, soit célébrée aujourd'hui
« même et sur l'heure. Les prêtres attendent les fu-
« turs en l'église de Sainte-Gudule.

                    « Signé CAROLUS, *rex*. »

— Le roi ! tu connais le roi? s'écrièrent stupéfaits
les témoins de cette scène. Allons, il faut obéir à Sa
Majesté. Rendons-nous à l'église de Sainte-Gudule.

Ians, qui croyait faire un rêve, fut entraîné par sa
mère.

L'église était parée comme pour un jour de fête.
Maître Iacobs, accompagné de trois autres compagnons de la hanse des tisserands, attendait, dans le
chœur, les fiancés.

— Nous sommes tes témoins, dit-il solennellement.

Le mariage se célébra avec pompe, et les nouveaux
époux, tout surpris d'être unis l'un à l'autre, revin-
rent au logis de maître Kindt. Là, à l'étonnement gé-
néral, quatre tonnes grossières, pleines de goudron et
garnies de larges cercles de fer, se trouvaient dres-
sées sur la table, étayée par-dessous au moyen
d'énormes poutres. Sur ces tonnes on lisait ces mots:

CADEAU DE NOCES
DU COMPAGNON TISSERAND
CHRISTIAN, DE COPENHAGUE.

—Le présent de Christian va nuire un peu à l'effet du nôtre, dit Iacobs; n'importe, tu ne le recevras pas moins avec plaisir, je le tiens pour certain.

Il prit alors des mains de ceux qui l'accompagnaient un parchemin, et lut à haute voix :

« La hanse de Berghen déclare, à l'unanimité des
« suffrages de tous les compagnons consultés à cet ef-
« fet, que Ians Crumbbrugghe a bien mérité de l'as-
« sociation; qu'elle l'adopte et le reconnait pour son
« bienfaiteur, et que son nom sera pour toujours,
« dans les prières publiques, associé à celui des fon-
« dateurs de la hanse. »

Tous les assistants se découvrirent, s'agenouillè- rent et chantèrent en chœur le refrain de la hanse :

Le travail est le bonheur,
L'union fait la force.

CHAPITRE VII.

LE DIPLOMATE MALGRÉ LUI.

Le souvenir de Duyvecke avait laissé dans le cœur de Ians Crumbbrugghe des traces encore douloureuses. Le bonheur que trouva le nouvel époux près de la douce et charmante Bella ne tarda point à les effa- cer entièrement. Il reportait souvent son imagina-

tion vers le passé, mais sans amertume et sans regret.
La fortune, qui lui avait été si longtemps contraire,
lui souriait de toutes les façons. Grâce à son intelligence et à son activité, grâce surtout à l'amitié que
lui témoignaient tous les membres de la hanse, avec
lesquels il faisait de grandes affaires, en trois années
il devint le plus riche négociant de Bruxelles. Son
nom jouissait dans tous les Pays-Bas d'une réputa-
tion populaire de probité qui trouvait de nombreux
échos en Allemagne et, dans les pays du Nord.

Telle était la prospérité de Ians Crumbbrugghe, qui
goûtait, au sein de sa famille, près de son beau-père,
entre sa mère et sa femme, un bonheur sans mélange,
lorsqu'un matin il reçut l'ordre de se rendre à la cour
et de venir recevoir les ordres du jeune roi Charles-
Quint.

Introduit devant le souverain, celui-ci, après avoir
adressé au négociant des questions sur les mœurs et
les ressources des pays du Nord, lui dit:

— Maitre Ians Crumbbrugghe, j'ai besoin d'en-
voyer à Copenhague une personne intelligente et
fidèle, pour remettre, en secret et sans éveiller les
soupçons, des lettres importantes au gouverneur du
château, Torbern Oxe. Vous allez donc vous rendre
dans cette ville sous prétexte d'affaires commerciales.
Vous accomplirez votre mission avec mystère, et vous
attendrez, avant de revenir aux Pays-Bas, que le gouverneur puisse vous remettre la réponse que je désire. Allez!... Qu'avez-vous à m'alléguer? pourquoi
cette hésitation?

— Sire, répondit Crumbbrugghe, Sa Majesté le roi
de Danemark m'a comblé de bienfaits...

—Soyez sans crainte, mon maître! La mission
dont je vous charge près de Torbern Oxe n'a pour but
que d'assurer et d'augmenter la fortune et la gloire
du roi Christiern.

Après ces paroles, Charles-Quint remit au négociant un paquet cacheté, le congédia et lui donna
l'ordre de partir dès le lendemain.

Arrivé à Copenhague, dont la vue réveillait tant de
souvenirs dans son cœur, le premier soin de Ians fut
de s'acquitter des ordres du roi, et de porter au gouverneur les papiers dont il était chargé pour lui. Dès
que Torbern Oxe eut ouvert le paquet, il se livra aux
plus vifs témoignages de surprise et de joie.

— Enfin, s'écria-t il, le roi des Pays-Bas consent
aux propositions que je lui ai fait adresser au nom
des principaux seigneurs du Danemark! Le roi, en
présence d'un pareil honneur et de si brillants avantages, ne pourra pas hésiter. Soyez discret, mon maître, et un succès assuré nous attend.

— Je serai d'autant plus discret, pensa Ians, que
j'ignore la nouvelle que contient ce paquet.

— Le roi Charles a montré dans cette affaire sa pru-
dence et sa sagesse habituelles. Ce jeune homme de
dix-sept ans en remontre déjà à de vieilles barbes
comme la mienne. Allez, mon maître, occupez-vous
maintenant de vos affaires commerciales; oubliez
que vous me connaissez, que vous m'avez vu, et que
le roi des Pays-Bas vous a chargé d'une lettre pour

moi. Dès que j'aurai besoin de votre aide, je vous en
ferai instruire. Le roi, sitôt qu'il apprendra votre arrivée à Copenhague, voudra vous voir sans doute,
mais je saurai arranger les choses de façon qu'il ne
vous appelle point près de lui avant qu'il ne soit temps
opportun.

Ians, en sortant du palais du gouverneur, se mit à
s'occuper de ses affaires; il employa les premiers
jours de son arrivée à régler les comptes de ses cor-
respondants, à encaisser l'argent qui lui était dû, à
recevoir les commandes, et à faire des achats de fils.
Quand il lui arrivait de passer sur le port, il ne manquait jamais de jeter les yeux vers l'île d'Amak et
laissait échapper un soupir; mais ce soupir n'avait
rien d'amer et de douloureux; ce n'était qu'une re-
mémoration du passé.

Duyvecke n'habitait plus du reste la jolie retraite
de l'île d'Amak. C'était dans le château de Soenderbourg, à peu de distance de Copenhague, qu'elle avait
fixé sa résidence. Là, naïve et simple comme dans le
temps où elle servait à boire aux ouvriers de la hanse,
elle nourrissait de petits oiseaux et cultivait des fleurs.
Siegbrit n'avait jamais voulu que la jeune femme
apprît qu'elle avait pour mari le roi de Danemark.

—Il ne faut point, dit-elle, exposer à l'ardeur d'un
soleil brûlant la petite fleur qui a besoin d'humidité
et d'ombre. Duyvecke ne trouverait point de bonheur à savoir votre rang illustre, et mille inquiétudes funestes troubleraient désormais sa tranquillité.
Soyez toujours pour elle le riche marchand Christian,

rien de plus. Au milieu de la retraite absolue dans
laquelle nous vivons, elle peut ignorer toujours le
mystère qui l'entoure. Laissez-la paisible et sereine,
sans souci du présent et sans inquiétude de l'avenir.

La belle enfant, grâce à cette ignorance du rang de
son mari et à la sollicitude avec laquelle son aïeule
veillait sur elle, passait insoucieusement dans la vie,
et ne connaissait encore d'autres chagrins que l'absence de Christiern, lorsque d'impérieuses affaires le
retenaient à Copenhague. Mais aussi quelle joie écla-
tait dans ses yeux! quel bonheur animait d'une charmante rougeur ses joues blanches, lorsque son oreille,
sans cesse aux aguets, entendait au loin le bruit de
la voiture de celui qu'elle attendait! Éperdue de joie,
elle courait à son balcon, et agitait un mouchoir pour
que son bien-aimé la vit de plus loin et pût échanger
avec elle de tendres signaux. Le lendemain, quand il
fallait se séparer, des larmes qu'elle s'efforçait de retenir brillaient sous ses paupières, et elle se reportait
par la pensée et par l'espérance vers le moment qui
lui ramènerait son Christiern. Chaque jour, avant
de la quitter, elle voulait que son mari emportât un
bouquet cueilli par elle, et qu'il promettait de ne
point quitter.

Tandis qu'elle faisait, un matin, sa moisson habituelle de fleurs dans une vaste serre disposée près du
petit salon qu'elle occupait d'ordinaire, elle entendit
la voix de Siegbrit qui adressait à Christiern des paroles véhémentes. Elle accourut pour s'interposer dans
une de ces discussions violentes qui s'élevaient par-

5.

fois entre la vieille femme et Christiern, lorsqu'un mot
l'arrêta tout à coup; un mot qui la frappa au cœur.

— Non, Sire, vous ne ferez point cela, disait Siegbrit avec véhémence.

— Sire?... mon Dieu! Le roi! C'est le roi qu'elle
aime, le roi qu'elle a épousé en secret! Puisse ce fatal
honneur ne pas présager quelque infortune! Le roi!
Elle ne pourra plus l'aimer comme par le passé, naï-
vement, sans contrainte! Le respect se mettra toujours involontairement entre elle et son amour! Le
roi! le roi! oh! quel malheur, mon Dieu!

Tandis que ces idées passaient rapidement dans
son imagination, elle restait là, sans force, sans pouvoir ni fuir, ni faire un pas pour avancer. Une main
de fer, une puissance surnaturelle, la retenaient, et
lui faisaient entendre chacune des paroles mortelles
de Siegbrit.

— L'ambition porte malheur quand elle pousse à
la trahison. Duyvecke mourra du coup dont vous la
menacez! Vous n'avez pas besoin de faire rompre
votre mariage avec elle; il ne faut point recourir au
pape; ne flétrissez pas votre femme. Il suffit de dire
à l'infortunée: — Je ne t'aime plus! je vais épouser
la sœur de Charles-Quint.

Duyvecke tomba mourante sur le pavé.

Quand elle revint à elle, Christiern la pressait dans
ses bras, et suppliait le ciel, en versant des larmes, de
rappeler à la vie sa Duyvecke, sa femme bien-aimée.

— Pardonne, lui dit-il, pardonne à un moment
d'erreur et d'ingratitude, causé par les conseils du

gouverneur du château. La fidélité maladroite de Torbern l'a engagé à demander pour moi, sans mon assentiment, la main d'Isabelle, sœur du roi des Pays-Bas. J'abjure à jamais ce dessein maudit et que j'avais déjà repoussé plus d'une fois, ma Duyvecke, ma blanche colombe.

— Sire, répondit-elle, n'hésitez pas, si votre bonheur et votre gloire l'exigent, à fouler sous vos pieds le cadavre d'une pauvre femme. Il n'y a plus pour elle, d'ailleurs, en ce monde de bonheur possible. Vous êtes le roi, et je ne suis qu'une obscure servante d'auberge. Le roi! mon Dieu! le roi! Oh! quelle faute ai-je commise pour mériter un si cruel châtiment!

— Chère Duyvecke, oublie tout ce que tu viens d'entendre. Ne vois en moi que Christian, ton mari, ton bien-aimé Christian, celui qui t'aime plus que sa vie, plus que sa gloire. Ah! plutôt la haine et la colère de Charles-Quint, plutôt la guerre avec lui, que de te causer un seul moment d'alarmes.

— La guerre? La guerre à cause de moi! Le malheur du Danemark, le vôtre, peut-être! Exposer votre vie sur un champ de bataille! Oh! mon Dieu! mon Dieu! faites-moi mourir! Vous voyez bien que la vie m'est odieuse et fatale!

Le roi ne quitta Duyvecke que le lendemain. Il la laissa sinon consolée et sereine, du moins sans désespoir.

— Adieu, dit-elle en se séparant de lui, adieu, Sire. Quand reverrai-je Votre Majesté?

'Elle accompagna ces derniers mots d'un sourire
triste et doux.

— Ne parle pas ainsi, répondit Christiern en la
pressant encore une fois dans ses bras. Ne me dis point
de ces mots respectueux qui m'attristent dans ta
bouche. J'ai peur, quand tu les emploies, de n'être plus
ton Christian.

Elle écarta les beaux cheveux blonds qui tombaient
en longs anneaux sur le front du prince, et pressa
passionnément, de ses lèvres, la place qu'elle venait
de découvrir. Puis elle s'enfuit en s'écriant :

— Adieu, mon mari.

— Et l'ambition me ferait échanger un bonheur
pareil contre le stérile honneur d'épouser la sœur de
Charles-Quint? Non ! jamais ! Ne suis-je pas assez
puissant pour être heureux? Je prendrai Duyvecke
par la main ; je dirai à mon peuple : Voilà celle que
j'aime, voilà votre reine. Le peuple battra des mains
en voyant monter sur le trône une jeune fille, un
ange sorti du sein du peuple !

Quand Christiern apprit cette résolution à Torbern
Oxe, celui-ci comprit qu'il était perdu. Jamais Siegbrit ne lui pardonnerait la tentative qu'il avait faite,
et Siegbrit exerçait sur l'esprit du roi une influence
inexplicable pour ceux qui ne connaissaient pas la
haute intelligence de cette femme extraordinaire.
Christiern ne décidait rien sans la consulter. S'il n'a-
vait pris aucune part aux guerres étrangères, dange-
reux écueil dans lequel on avait voulu l'engager; si
plusieurs conspirations avaient été prévenues et dé-

jouées, il le devait à la fermeté, au coup d'œil profond, à l'habileté de la vieille cabaretière hollandaise.
Elle discutait mieux qu'un habile ministre les questions d'État, quelque graves et quelque compliquées
qu'elles fussent. Elle avait compris et fait comprendre
au roi que la noblesse inquiète et ambitieuse du Danemark ne lui offrait que des garanties douteuses de
fidélité ; tandis que le peuple, heureux d'une protection que ne lui avait point toujours accordée le père
de Christiern, se rallierait au roi, et serait prêt à sa-
crifier sa vie et sa richesse pour un monarque populaire. Elle fit donc encourager l'industrie par le jeune
roi ; elle voulut qu'il protégeât le commerce, qu'il se
gagnât l'affection des artisans, qu'il diminuât le pouvoir des nobles, et qu'il repoussât sévèrement toutes
les tentatives que feraient ces derniers pour accroître
leurs priviléges. — Donnez au peuple, reprenez à la
noblesse, disait-elle sans cesse ; c'est augmenter la
force de vos amis et diminuer celle de vos ennemis.

La noblesse du Danemark connaissait les efforts et
l'influence de Siegbrit près du roi. Une ligue des plus
puissants seigneurs se forma pour lutter contre la
vieille femme : on regarda comme le meilleur, comme
le seul moyen de la vaincre, de rompre le mariage
secret de Duyvecke, et de faire épouser au roi une
femme jeune, belle, spirituelle, dont l'alliance puis-
sante pût faire bientôt oublier au monarque la petite
cabaretière de la hanse de Berghen. La sœur de Charles-
Quint, la princesse Isabelle, réunissait toutes les qualités nécessaires pour gagner et conserver la tendresse

du jeune monarque. Le comte Torbern Oxe fit proposer secrètement cette alliance au roi des Pays-Bas. Celui-ci répondit à cette ouverture du gouverneur par l'envoi d'une réponse favorable. Ians Crumbbrugghe avait été, sans le savoir, chargé de la missive qui devait détruire le bonheur de celle pour qui, jadis, il aurait donné avec joie sa vie, et qu'il eût encore défendue au prix de ses propres jours.

S'ils ne réussissaient pas, les membres de la conspiration jouaient leurs têtes. On comprend dès lors l'effroi du comte Oxe et des autres conjurés, lorsqu'ils apprirent la résolution exprimée par le roi, non-seulement de ne point épouser la princesse Isabelle, mais encore de proclamer son mariage avec Duyvecke.

Cette résolution avait été annoncée par Christiern en plein conseil, comme irrévocable et devant recevoir son exécution à huit jours de là. Le comte Torbern Oxe lui-même se trouvait chargé de préparer l'acte qui placerait Duyvecke sur le trône de Danemark et proclamerait sa royauté par la solennité d'un sacre public. Au moment où, plein de consternation et de douleur, il quittait le monarque, il se trouva tout à coup face à face avec un homme d'une taille et d'une corpulence gigantesques. Le colosse, en voyant l'abattement du gouverneur, partit d'un éclat de rire qui retentit aux oreilles de Torbern comme la voix vibrante d'un instrument de cuivre.

— Voici une gaieté bien opportune et une raillerie qui se recommande par son à-propos! dit le comte. Avant un mois, ma tête sera tombée sous la hache du

bourreau, et vous figurerez au bout d'une corde, sei-
gneur astrologue Maffetti. Ce sont là, en vérité, de
charmants motifs de plaisanterie. Si vous saviez...

— Je sais tout, interrompit Maffetti, en entraînant
le comte dans sa maison, voisine du palais; je sais
tout. Sa Majesté très-chrétienne le roi de Danemark,
Christiern, deuxième du nom, veut épouser et couronner Duyvecke Rynghaut, petite-fille de la sorcière
Siegbrit.

— Qui donc vous a révélé cette nouvelle ?

— Ma science n'a rien de caché ! répliqua l'astrologue avec emphase.

— Ta science! Épargne-moi les mots sonores. Je sais
ce que valent l'astrologie et ton savoir. D'où connais-
tu le secret du roi?

— Du roi lui-même : il est venu me consulter sur
son dessein.

— Et que lui as-tu répondu?

— Que les astres lui étaient favorables ; mais que,
toutefois, il y avait une mauvaise influence, produite
par la conjonction du Bélier et de l'étoile de Vénus.

— Que veut dire ce pathos ?

— Cela veut dire que la mort plane sur la cour de
Danemark.

— Et qui menace-t-elle ?

— Les pusillanimes et les peureux.

— Si ta science n'a que cela à m'apprendre, Maffetti, adieu.

— Écoute, ajouta l'astrologue ; écoute : où vas-tu ?

— Exécuter les ordres du roi.

— C'est-à-dire, aiguiser la hache du bourreau et préparer ta tête pour le supplice? Tu le sais, avec Siegbrit la vengeance suit de près l'offense, et tu as offensé cruellement cette femme.

— Mais que faire?

— N'as-tu donc jamais entendu parler de ces adroits joueurs italiens qui, lorsque les dés leur sont défavorables, savent se les rendre propices... en les pipant?

— Où veux-tu en venir?

— Que les esprits étroits seuls n'entendent rien à corriger la fortune. Qui redoutes-tu?

— Duyvecke et Siegbrit.

— Eh bien! si tu veux me venir en aide, demain le pouvoir de ces deux femmes sera détruit à jamais.

— Par quel moyen?

— Par le talisman que contient mon escarcelle. Regarde!

Il vida sur une table son escarcelle pleine de cerises.

— Des cerises! En vérité, c'est abuser de ma patience.

— Fais parvenir ces fruits à Duyvecke et à Siegbrit. Que le messager qui les leur portera ignore lui-même quelle main les envoie... Demain, le roi Christiern tournera ses pensées et ses espérances vers la sœur de Charles-Quint.

En disant cela, il riait d'un rire muet qui donnait à ses traits joufflus une expression diabolique.

— Je te comprends, répliqua Torbern; le moyen est un peu violent, mais tu as raison; dans un duel,

il ne faut s'inquiéter ni de courtoisie ni de la mort
de son adversaire. Comme dit le Grec Lucianus dans
ses Dialogues : *Enlève-moi, ou je t'enlève!* J'ai un page
qui fera merveilleusement cette affaire; il prendra
un costume de paysan, et ira vendre les fruits à
l'officier de bouche de la maison de Duyvecke.

— Mais le page peut commettre une indiscrétion,
trahir notre secret, nous perdre?

— C'est un orphelin né en France, et qui ne connaît
personne à Copenhague. Il aime trop les cerises pour
ne point en manger quelques-unes.

— Bien ! A l'œuvre donc.

En achevant ces mots, Maffetti remit les cerises à
Torbern Oxe, et prit congé de lui.

Le gouverneur fit aussitôt mander Ians Crumbbrugghe.

— Mon maître, lui dit-il, apprêtez-vous à partir,
ce soir même , pour les Pays-Bas. Selon toutes pro-
babilités, il adviendra tout à l'heure un événement
qui détruira les obstacles contre lesquels nous lut-
tons depuis si longtemps.

— Votre Seigneurie compte me remettre ce soir
des dépêches pour mon souverain ?

— Non. Dans le tumulte que causera l'événement
dont je vous parle, il se pourrait qu'on vous arrêtât
avant que vous ne fussiez embarqué, et il ne faut
pas nous exposer au péril de trahir notre secret par
des preuves écrites. Vous direz seulement à votre
maître qu'avant peu de temps le roi Christiern deman-
dera lui-même à Charles-Quint la main de sa sœur.

— Que m'apprenez-vous là ! s'écria Crumbbrugghe en se levant avec terreur.

— Vous ne vous attendiez point à une si prompte réussite, n'est-ce pas ?

— Le roi veut donc rompre son mariage avec Duyvecke ?

— Non. Il avait renoncé hier à cette honteuse union, mais aujourd'hui il a changé de pensée. Il veut, au contraire, proclamer son mariage secret et faire couronner la fille de la sorcière Siegbrit.

— Mais alors, comment le mariage avec la princesse Isabelle...

— Un veuf ne peut-il donc point se remarier ?

— Un veuf ! Duyvecke est-elle donc morte ? mon Dieu !

— Je veux dire que demain le roi sera libre.

— Oh ! je lis dans le sourire de vos levres votre abominable pensée ! Détrompez-vous, comte Torbern, je ne suis pas votre complice ! Si j'avais su de quel message le roi Charles-Quint m'avait chargé pour vous, je l'eusse repoussé avec horreur. Jugez si je suis disposé à devenir complice de votre assassinat ! Christiern va tout savoir...

— Pour parler au roi, il faut la permission du gouverneur Torbern Oxe, mon vertueux camarade, et je la refuse.

— Eh bien ! j'irai à Duyvecke, et je la sauverai au péril de ma vie.

Le comte porta la main sur son poignard ; mais il

réprima ce mouvement, haussa les épaules, sourit et tourna le dos au Flamand.

Ce dernier sortit précipitamment, monta sur le cheval qu'il avait laissé à la porte du palais du gouverneur, et partit au grand galop pour le château de Soenderbourg.

— Va, imbécile écervelé, fanfaron ridicule de vertu, dit le comte en le suivant des yeux ; va, je ne te crains pas, folle mouche qui te jettes toi-même dans les rets de l'araignée. Holà ! Olé !

Un domestique parut.

— Vous allez vous rendre à l'instant au château de Soenderbourg ; vous ordonnerez de ma part au capitaine Stienfrag, chargé du commandement des troupes qui protègent la maison royale, de faire feu sur tous ceux qui se présenteraient sans un ordre écrit de ma main, et sans dire à l'avance et de loin le mot de passe. Vous prendrez par le chemin du parc, qui abrège de moitié la distance que vous avez à parcourir.

Maintenant, ajouta-t-il en se frottant les mains, allons remplir les ordres du roi, et faire les préparatifs du couronnement de la reine Duyvecke. — Ils serviront pour la reine Isabelle.

Étranger au pays, Jans ne put se diriger vers le château de Soenderbourg qu'en interrogeant les passants sur le chemin qu'il avait à prendre, et en suivant la seule route qui fût connue des habitants de la ville. Grâce à la vitesse de son cheval et à la manière dont il lui labourait les flancs à coups d'éperon, il ne tarda point à apercevoir le château : il n'en était plus éloigné que de vingt pas environ, lorsqu'une voix lui cria : Qui vive !

Au même instant une explosion se fit entendre, des balles sifflèrent à ses oreilles, et un coup de feu le frappa dans la poitrine.

Il tomba de cheval ; mais il eut cependant la force de se traîner jusqu'au pont-levis, se cramponna au garde-fou, malgré les soldats qui voulaient s'emparer de lui, et cria d'une voix à laquelle le désespoir donnait une puissance surnaturelle :

— Siegbrit ! à l'aide ! à l'aide !

Et il s'évanouit.

La vieille femme avait été attirée à sa fenêtre par le bruit de l'arquebusade. La voix de Crumbbrugghe la frappa d'étonnement et lui fit reconnaître l'ancien compagnon de la hanse. Aussitôt elle accourut près du jeune homme, ordonna qu'on le transportât dans l'intérieur du château, et parvint à le ranimer après avoir pansé sa blessure.

— Duyvecke ! sauvez Duyvecke !

Telles furent les premières paroles qui sortirent des lèvres de Crumbbrugghe.

— Rassurez-vous ; aucun péril ne la menace.

— Le gouverneur... Torbern Oxe... Il attente aux jours de Duyvecke.

Et il retomba sans connaissance.

Siegbrit, saisie de terreur, laissa le malade aux soins d'un domestique dévoué, et courut près de Duyvecke. La jeune femme, blanche comme l'aile de

l'oiseau dont elle portait le nom, était étendue sur
un lit de repos.

— Elle dort, pensa Siegbrit.

Elle s'éloignait doucement, pour ne point troubler
le repos de Duyvecke, lorsqu'un sentiment de crainte
vague la ramena vers sa fille.

Malheur ! les yeux de Duyvecke étaient ouverts,
et ses lèvres livides.

Au même instant, on entendit dans la cour le galop d'un cheval. Christiern arrivait.

Il y eut entre la mère et l'époux une scène de
désespoir, telle que des paroles humaines n'en sau-
raient décrire. Siegbrit pressait dans ses bras le cadavre de son enfant. Elle cherchait à ranimer cette
bouche sans respiration, à rendre de la souplesse à
ces membres déjà roidis par la mort. Puis elle jetait
des cris affreux, blasphémait, accusait le ciel et l'enfer, et demandait vengeance.

Le roi, brisé, sans force, sans larmes, semblait
frappé d'anéantissement ; il ne savait que murmu-
rer, d'une voix défaillante, le nom de Duyvecke !
Duyvecke !

Pendant trois jours, ils restèrent là, près de ce cadavre, dont s'emparait déjà la décomposition. On
parvint enfin à ramener le roi à Copenhague. Quand
il fut parti, Siegbrit se leva, ensevelit elle-même les
restes de sa petite-fille, la déposa dans un cercueil
d'argent massif, et la fit enterrer au fond des ca-
veaux de la chapelle de Soenderbourg. Ces lugubres
et pieux devoirs accomplis, elle se rendit près de

Crumbbrugghe : il n'avait repris le sentiment que pour tomber dans le délire d'une fièvre ardente, durant les transports de laquelle il répétait sans cesse le nom de Duyvecke.

Une larme, la première qu'elle eût encore pu verser, mouilla les paupières brûlantes de Siegbrit.

— Sois béni ! dit-elle, toi qui es resté fidèle à la pauvre colombe ; toi qui as compté pour rien ta vie, quand tu as appris son péril. Sois béni !

Elle resta quelques instants debout près du lit du jeune homme, la tête penchée, sans voix, et les joues ruisselantes de pleurs. Tout à coup elle se releva par un brusque mouvement de rage :

— Vengeance ! ma vengeance ! s'écria-t-elle.

Et elle partit pour Copenhague.

Près d'un mois s'écoula avant qu'elle reparût à Soenderbourg. Lorsqu'elle y revint, Ians entrait en convalescence, et il ne lui restait plus de sa blessure, tout à fait cicatrisée, qu'un peu de faiblesse. Quand il vit l'aïeule de celle qu'il avait tant aimée, de celle qui reposait maintenant dans la tombe, l'émotion lui coupa la voix et remplit ses yeux de larmes.

Siegbrit sourit tristement.

— Tu pleures encore, toi ? j'ai pleuré aussi, en te quittant, il y a un mois ; maintenant je ne pleure plus. Un feu, tel que l'enfer en allume, dévore mon cœur et consume tout mon être. Depuis mon départ de Soenderbourg, chaque minute de ma vie a été une vengeance, et rien pourtant n'a pu assouvir ma rage. J'ai fait briser par la torture les membres du

comte Torbern Oxe ; j'ai vu tomber sous la main
du bourreau sa tête maudite ; l'astrologue Maffetti
et cent vingt-trois de leurs complices ont subi d'ef-
froyables douleurs sous mes yeux. Eh bien ! je voudrais du sang plus que jamais. Je voudrais jeter le
Danemark dans la ruine et le désespoir ; je voudrais
écraser sous mes pieds ce royaume exécrable ! Sais-tu
quelles pensées occupent le roi ? Sais-tu quels projets
succèdent à ses regrets ? Il hâte son mariage avec
Isabelle ! Oui, le misérable veut mettre au doigt de
la sœur de Charles-Quint l'anneau nuptial de celle
que la Flamande, ou du moins ses fauteurs, ont fait
empoisonner ! Tout à l'heure, il m'a parlé de ses
desseins, à moi, à la mère de Duyvecke ! Satan m'a
inspirée et m'a soutenue durant cette épreuve ; je
suis restée maîtresse de mes émotions ; il n'a point,
tandis qu'il parlait, lu sur mon visage la haine, le
mépris et la vengeance. Je l'ai encouragé, je lui ai
démontré les avantages d'une pareille union ; je lui
ai vanté la beauté d'Isabelle... Tu me regardes avec
surprise ? tu ne me comprends pas, Ians. Pauvre et
faible cœur, ne vois-tu pas que ce mariage me livre
celle pour qui ma Duyvecke est morte ? Je la tien-
drai dans mes mains, je la tourmenterai, je l'étouffe-
rai ! Qu'elle soit fière de sa beauté, de sa jeunesse,
de son rang ; que Christiern s'enorgueillisse de sa
puissance ; tout cela m'appartient, tout cela servira à
venger Duyvecke !

Il y a huit jours j'ai quitté Copenhague, je suis
allée à Elseneur, au tombeau d'Hamlet, un prince

qui, par vengeance, a tué sa mère! Là, un pied nu, j'ai appelé, à minuit, l'esprit des enfers à mon aide. Une aurore boréale a soudain éclairé, de sa lumière pâle, la colline de Murgenlist; des oiseaux funèbres sont venus se poser, en battant des ailes, sur les trois rocs qui forment la tombe du parricide. J'ai immolé une poule blanche. J'ai appelé Satan.

Puis Satan m'a répondu. Ma vengeance égalera ma rage.

CHAPITRE VIII.

DÉNOUEMENT.

Dix années après les événements que l'on vient de lire, Jans Crumbbrugghe, de retour depuis longtemps à Bruxelles, y menait une vie plus douce et plus paisible que jamais. Père d'une fille que le ciel ne lui avait accordée qu'après sept années de mariage, il donnait à l'adorable enfant tout ce que le soin de ses affaires lui laissait de temps disponible. Un soir, couché sur la natte de paille qui, dans ces temps, remplaçait en Flandre, chez les bourgeois, les tapis des appartements modernes, il folâtrait avec la petite despote. L'écuyère chevauchait sur son père, sans vouloir accorder de répit à sa monture, lorsque tout à coup elle jeta un cri d'effroi et vint se réfugier dans les bras de Ians.

Un pareil mouvement était bien excusable, car ce qui causait tant d'effroi à la petite Marie eût donné de la frayeur même à une personne âgée. Une femme venait d'entrer dans l'appartement, et s'était assise près du foyer. Sous le voile rouge qui couvrait sa tête, on apercevait un visage profondément sillonné de rides, une large bouche et deux petits yeux qui brillaient d'une lueur fauve. Quoiqu'elle parût fort vieille, sa taille restait droite et fière.

— Que voulez-vous, ma bonne femme? demanda Ians avec le respect que témoignent les habitants des Pays-Bas aux mendiants; si vous avez besoin d'aumônes, il ne faut pas cependant, pour les demander, vous introduire jusque dans l'intérieur de la maison: tenez, prenez cette pièce de monnaie et, quand vous serez réchauffée, adressez-vous à mes domestiques, ils vous donneront à manger.

— Ians Crumbbrugghe, dit la vieille femme en se plaçant de manière à ce que la clarté de la lampe tombât d'aplomb sur son visage et vint l'éclairer, Ians Crumbbrugghe, les années et les douleurs m'ont donc bien changée?

— Siegbrit! dame Siegbrit! s'écria le tisserand, plus surpris que charmé de cette visite.

Il n'en continua pas moins:

— Soyez la bienvenue dans ma maison.

— Oui, tes lèvres me donnent la bienvenue, mais ton cœur me maudit, et ton désir me chasse. Après

6

tout, que m'importe! ajouta-t-elle en attisant le feu de la cheminée, et en approchant des charbons ses mains noirâtres.

— Pouvez-vous avoir de si mauvaises pensées sur un ancien ami ?

— Ne perdons pas le temps en paroles vaines, interrompit-elle en tirant de dessous sa cape un sac plein d'or : voici une somme que tu emploieras à fonder une messe perpétuelle pour le repos de l'âme de Duyvecke. Adieu!

— Vous ne sortirez point ainsi de ma maison sans y avoir bu ni mangé; ce serait une honte pour mon hospitalité, et une offense pour mon amitié.

— Siegbrit ne boira plus et ne mangera plus sur la terre, s'écria-t-elle d'une voix lugubre; ma tâche est accomplie, ma vengeance est consommée; j'appartiens désormais à Satan. C'est justice! Il a tenu toutes ses promesses; mon âme lui appartient. Qu'il vienne la prendre!

— Au nom du ciel, ne dites point de pareilles paroles dans ma maison; elles sont indignes d'une chrétienne!

— J'ai vendu mon âme; mon âme appartient à celui qui l'a achetée. Tes toiles n'appartiennent-elles pas à ceux qui te les payent? Si tu savais, Ians, comme j'ai vengé Duyvecke! Moi qui étais insatiable de haine, moi que le sang de mes ennemis n'avait point assouvie; moi, qui ai fait périr ton père pour une insulte; moi, qui ai chassé ma fille de ma maison parce qu'elle m'avait désobéi, je me sens maintenant gorgée de vengeance. Oui, j'ai été au delà du but que s'était proposé ma rage. J'épouvanterai l'enfer, quand tout à l'heure le démon m'y intronisera !

Dans ta vie obscure et paisible, à peine le bruit des événements accomplis en Danemark est-il arrivé jusqu'à toi ; à peine sais-tu quelle destinée a subie Christiern. Je veux te la dire, Ians. Je veux me complaire encore une fois devant mon œuvre de destruction et de colère !

Tu te souviens des paroles de menaces que j'ai dites à ton chevet, dans le château de Soenderbourg ; tu n'as point oublié les serments que j'ai jurés, car tu sais que rien ne me saurait détourner de mes serments ! Eh bien ! j'ai tout tenu. Écoute :

Christiern épousa, deux mois après la mort de Duyvecke, Isabelle, sœur de Charles-Quint. Je parus favorable à ce projet, et j'excitai même à le faire le roi qui foulait si vite aux pieds, et avec tant de lâcheté, le souvenir de mon enfant. Durant deux mois il se crut heureux.... Bientôt il vint me consulter avec crainte sur les partis qui commençaient à lever la tête en Danemark ; je l'excitai contre le peuple, comme je l'avais jadis excité contre la noblesse. Je l'engageai à user de sévérité envers tous ceux qui ne se soumettaient pas aveuglément à ses ordres. Le sang coula, et les Danois prirent en exécration le tyran que j'exhortais sans cesse à les frapper plus rudement encore.... Je lui valus la ruine au dedans, mais il fallait la honte au dehors. Grâce à mes insi-

nuations, il retint captifs, au mépris du droit des
gens, des ambassadeurs que la Suède lui envoyait,
mit le siége devant Stockholm, s'en empara, fit assassiner l'administrateur Sture, jeta sa veuve en prison, remplit la ville de carnage, et porta une main
sacrilége jusque sur des prêtres et des ministres de
Dieu. Ce fut ainsi que périt l'évêque de Skara ; le
saint prélat monta sur l'échafaud en dénonçant la
perfidie de Christiern à la justice divine et à la vengeance du peuple.... Grâce à la cruauté du roi, et aux
moyens que je mettais en œuvre, Lubeck vint en
aide à la Suède ; le duc de Holstein, neveu du roi,
prit parti contre lui ; Gustave Vasa leva l'étendard
de la révolte ; le Jutland suivit cet exemple. Enfin,
un jour, Copenhague retentit de cris menaçants : c'é-
tait le peuple qui se révoltait, c'était le peuple qui
demandait la tête de Christiern. Il demandait aussi
celle de Siegbrit ; mais le roi n'avait garde de lui livrer une si fidèle conseillère ! L'imbécile, il ne soup-
çonnait même pas que ma main seule le renversait
du trône et le faisait chasser de son royaume, comme
un valet, à coups de pieds !

Le roi, pour éviter la mort, dut s'embarquer, la
nuit, en secret, avec sa femme, ses enfants et moi.

Quand le bâtiment eut mis à la voile pour fuir Copenhague, la nature sembla s'unir à moi pour venger la mort et l'oubli de Duyvecke. Le vent souffla
avec fureur, les vagues de la mer s'émurent, un
orage horrible éclata. Le bâtiment sur lequel se trouvaient la reine Isabelle et ses enfants fit naufrage

sous les yeux de Christiern, sans qu'il pût leur porter secours. Alors il se mit à pleurer, à tendre les
mains au ciel, à implorer la miséricorde divine....
Moi, je riais, je battais des mains, je criais à ce malheureux :

« Console-toi ; il te reste assez d'or pour devenir encore bourgmestre d'Amsterdam. »

Ici Siegbrit s'interrompit ; elle croisa sur sa poitrine de longs bras décharnés, et tourna vers Ians des
regards qui firent pâlir de terreur le marchand. On
aurait dit ceux d'un tigre qui vient de dévorer sa
proie, et qui promène sa langue sur ses lèvres san-
glantes. Elle reprit :

— Après mille périls, nous arrivâmes dans les
Pays-Bas. Là, j'appris, non sans désespoir, que la
reine avait échappé avec ses enfants à la mort....
Hélas! j'eus ensuite la douleur de les voir réunis à
Christiern. Ma vengeance était presque détruite!

Désespérée, j'appelai de nouveau à mon aide le démon, et, grâce à l'ascendant que j'exerçais sur l'esprit faible de Christiern, je lui persuadai de rentrer
en Danemark et d'y reconquérir son trône. Il me
crut comme il m'avait crue quand je lui conseillais
de pousser son peuple au désespoir et à la révolte, en
l'accablant d'impôts et d'injustices, en le décimant
par la hache du bourreau. Il partit à la tête d'une armée navale : je savais quel sort l'attendait. Il fut repoussé, vaincu, fait prisonnier et enfermé dans le
donjon du château de Soenderbourg, sans autre compagnon d'infortune qu'un nain stupide et moi....

6.

En ce moment, il gémit encore dans ce trou infect, dont on a muré la porte, et que gardent deux mille soldats, sans cesse sous les armes, sans cesse la mèche allumée, et prêts à faire feu à la moindre tentative d'évasion.

Une fois Christiern réduit au degré de misère sous lequel je voulais l'écraser, je jetai tout à fait le masque ; je lui appris que moi seule avais préparé et provoqué sa ruine, pour venger Duyvecke, pour le punir d'avoir épousé celle qui avait causé la mort de mon enfant. Il passa quatre années face à face avec sa mortelle ennemie, à subir mes sarcasmes, à sentir ma main impitoyable retourner dans son âme le désespoir que j'y avais enfoncé comme un poignard aigu ! Une nuit pourtant je le quittai, et je pris la fuite.... Les Pays-Bas m'attendaient avec Isabelle.... Isabelle a été enterrée, il y a quelques jours, dans le château de l'abbé de Saint-Pierre, à Zwynaerde, près de Gand (1), après avoir pleuré sur le cadavre d'un de ses enfants comme j'avais pleuré sur Duyvecke.

Tu le vois, ma vengeance est accomplie, terrible et implacable.... Satan m'a tenu ses promesses ; il ne me reste plus qu'à remplir la mienne et à lui livrer mon âme !

— Ne dites point de telles paroles, Siegbrit, ne re-

---

(1) La reine Isabelle trépassa seule, dans un grand abandon, et tout à fait négligée de son frère Charles-Quint, qui dit en apprenant sa mort : « La tombe convient mieux que l'exil à une reine déchue. »

poussez point l'espérance et le repentir ; une pensée a
suffi pour sauver le bon larron expirant sur la croix ;
imitez-le, tendez les bras à Jésus-Christ : il a versé
son sang pour le salut des hommes ; il vous sau-
vera !

— Ne parle pas de pardon à celle qui n'a jamais
pardonné. J'appartiens à Satan ; Satan ne lâche point
sa proie. A minuit il viendra la saisir.

— Espérez, Siegbrit ; le ciel m'inspire une pensée
qui vous arrachera à vos idées funestes, et qui re-
poussera le démon, même si le pacte que vous dites
avoir contracté avec lui n'est pas un rêve de votre
imagination malade. Viens, Marie, viens, ma fille ;
agenouille-toi près de cette pauvre femme qui souffre
bien ; unis tes petites mains l'une à l'autre ; fais le
signe de la croix et récite l'*Ave Maria*, cette orai-
son qui rend favorable à ceux qui la disent ta divine
patronne, la mère du Sauveur.

L'enfant obéit, se signa et commença d'une voix
douce et claire l'*Ave Maria*.

Siegbrit tomba à genoux : ses lèvres essayèrent de
répéter les paroles de la prière, à mesure que la petite
fille les articulait ; mais jamais elle ne le put. En
vain elle joignait ses mains centenaires, en vain elle
les passait sur son front ridé par les passions frénéti-
ques de la vengeance ; sa mémoire restait morte, et
sa bouche muette. Bientôt même un frisson convulsif
parcourut tous ses membres.

— Assez ! dit-elle à Marie, assez, enfant ! Tais-toi !
Tes paroles me font mal ; elles appellent ici les an-

ges, et moi qui appartiens au démon, je souffre; oh !
je souffre bien de leur présence invisible! Tais-toi !
et quitte ces lieux. Il ne faut pas que ta jeune mémoire puisse garder le souvenir de ce qui va se passer. Ians, emmène ta fille et conduis-la à sa mère;
dis-leur qu'elles se mettent à prier, car je ne veux
pas attirer le malheur sur la maison hospitalière
dont le maître n'a point refusé d'abriter ma tête
maudite.... Toi, qui es un homme, un homme coura-
geux et fort, reviens près de moi, Ians Crumbbrugghe !

Elle parlait encore quand le petit tintement sec et
plaintif de l'aiguille de la pendule sonna le quart
avant minuit. Le beffroi de la ville répondit par un
sourd gémissement, auquel se mêlèrent les voix de
diverses cloches devenues plus ou moins confuses par
l'éloignement. Au même instant, le tonnerre commença à gronder, et un éclair resplendit.

Ians se signa dévotement, et, plein de terreur, il se
hâta d'emporter l'enfant pour la conduire près de sa
mère. Quand il revint, il trouva Siegbrit qui mar-
chait avec agitation dans la chambre.

— Ians, dit-elle, entends-tu le signal de mon maître qui m'appelle ? La foudre éclate, l'éclair brille,
les démons hurlent dans l'orage. Déjà les souffrances
de l'enfer pénètrent dans mon cœur qu'elles doivent
dévorer durant toute l'éternité! Ians, jamais je ne re-
verrai ma Duyvecke! je suis séparée d'elle pour toujours! Oh! malheur! malheur!

Oui, malheur! car si je n'avais pas poursuivi avec

tant d'acharnement et de crimes ma dernière vengeance, peut-être Dieu m'aurait-il pardonné! Peut-
être m'aurait-il permis le repentir et l'espoir! Aujourd'hui, plus de salut. Rien que l'enfer et ses
tourments, qui ne finiront jamais! Oh! par ce que je
souffre en ces instants, je comprends toute l'étendue
de leur horreur !

— Siegbrit, essayez de prier, essayez-le au nom de
Duyvecke!

— Tais-toi! ne prononce pas ce nom pur. Il me
fait souffrir comme la goutte d'eau bénite qui tombe
sur la tête d'un démon. Tais-toi! tais-toi!

— Non, s'écria Ians! non, je braverai le démon.
Fût-il là, j'essayerai jusqu'au bout de lui arracher
votre âme. Priez, priez, repentez-vous, pour Duyvecke !...

La foudre éclata, un éclair pénétra dans la chambre et repoussa Crumbbrugghe ébloui et terrassé,
tandis que la pendule et les clochers jetaient dans
les airs, avec leurs voix douloureuses, les douze
coups de minuit. Prosterné la face contre terre et
le cœur palpitant d'effroi, le tisserand entendit
Siegbrit qui semblait lutter avec un être invisible.
Peu à peu elle devint immobile, le bruit cessa et l'o-
rage se tut. Lorsque Ians osa se relever, il trouva le
cadavre de Siegbrit étendu sur le plancher.

Le premier soin du fabricant de toile fut d'aller
chercher un prêtre qui demeurait dans le voisinage,
afin que le saint homme veillât près de ce corps ina-
nimé, et qu'il passât la nuit à prier. On raconte que

jamais le vieillard ne put parvenir à allumer le cierge
qui devait l'éclairer : l'eau bénite, qu'il jeta sur les
restes mortels de Siegbrit, frissonna comme si elle
fût tombée sur un fer rouge.

Pareil phénomène se répéta le lendemain quand
on porta le corps à l'église, et qu'il fut déposé en
terre sainte. S'il faut en croire la tradition, on dut
abandonner le cimetière, car l'esprit du mal s'en empara ; de terribles fantômes le hantèrent désormais et
lui valurent le sinistre nom de *Trou d'enfer*.

Ians Crumbbrugghe, avec l'or que lui avait laissé
Siegbrit, fonda, dans l'église de Sainte-Gudule, à per-
pétuité, une messe quotidienne pour le repos de l'âme
de Duyvecke Rynghaut. Chaque matin, tant qu'il
vécut, il s'y rendit avec sa femme et ses enfants.

Sa vie, du reste, fut longue, honorable et comblée
d'honneurs. Sa grande fortune, son expérience, son
bon sens, et la connaissance parfaite qu'il avait des
pays du Nord, non-seulement en firent un grand personnage dans l'association hanséate, mais encore lui
valurent l'estime et la faveur de Charles-Quint devenu empereur. Dans plus d'une circonstance difficile, il fut appelé au conseil de son souverain, et s'y
fit remarquer par la sagesse de ses opinions et la pru-
dence de ses conseils. Plus d'une fois il sut fléchir le
caractère naturellement rigoureux de l'empereur ; il
usa de son influence médiatrice, surtout quand ce
dernier vint à Gand pour punir la ville de ses sédi-
tions.

A cette époque, un des fils de laus Crumbbrugghe quitta Bruxelles, et alla s'établir à Gand.

Il y avait encore dans cette dernière ville, à la fin du dix-huitième siècle, un échevin qui portait le nom de Crumbbrugghe.

Quant à Christiern, voici quelle est la fin de son histoire.

En 1543, Christian III, qui avait succédé à Frédéric, appelé au trône de Danemark après l'expulsion de Christiern, conclut à Spire, avec Charles-Quint, une transaction par laquelle il fut stipulé que l'ancien roi serait traité désormais avec plus de douceur, et qu'il sortirait du donjon de Soenderbourg, à la condition toutefois de signer une renonciation complète aux prétentions qu'il pourrait conserver sur les trois royaumes du Nord. Christiern obéit sans hésiter, signa tout ce qu'on voulut, et abdiqua avec empressement ses droits. Pour prix de cette honteuse et lâche obéissance, on lui assigna un revenu sur le bailliage de Catlundborg et sur l'île de Samsoë. Quatre sénateurs le conduisirent dans ce bailliage qu'on lui assigna pour résidence, et il y passa, sous leur surveillance, dans un état voisin de l'idiotisme, les treize années qu'il lui restait encore à vivre.

FIN.